टाइम मशीन

1.

जिस समय यात्री (उसके लिए यह बोलना सुविधाजनक होगा) वह हमारे लिए एक महत्वपूर्ण बात को उजागर कर रहा था। उसकी ग्रे आंखें चमकती और चमकती थीं, और उसका चेहरा पीला पड़ जाता था। आग चमकीली रूप से जल गई, और चांदी के लिली में गरमागरम रोशनी के नरम चमक ने बुलबुले को पकड़ा और हमारे चश्मे में पारित हो गया। हमारी कुर्सियाँ, उनके संरक्षक होने के नाते, हमें गले लगाने के लिए प्रस्तुत किए जाने के बजाए हमें गले लगाते और सहलाते थे, और उस शानदार रात के खाने के बाद का माहौल होता था, जब सोचा कि वे खुशनुमा तरीके से खुश्बू के साथ घूमते हैं। और उसने इसे इस तरह से हमारे सामने रखा - एक दुबले तर्जनी के साथ अंकों को चिह्नित करते हुए - जैसा कि हम बैठे थे और आलसी ने इस नए विरोधाभास (जैसा कि हमने इसे सोचा था) और उसकी निष्ठा पर उसकी ईमानदारी की प्रशंसा की।

'आप मुझे ध्यान से फॉलो करें। मुझे एक या दो विचारों को नियंत्रित करना होगा जो लगभग सार्वभौमिक रूप से स्वीकृत हैं। उदाहरण के लिए, ज्यामिति, उन्होंने आपको स्कूल में पढ़ाया जाता है एक गलत धारणा पर स्थापित किया है। '

'हमें शुरू करने के लिए उम्मीद करने के लिए एक बड़ी बात नहीं है?' लाल बालों के साथ एक तर्कशील व्यक्ति, फिल्बी।

'मेरा मतलब यह नहीं है कि आप इसके लिए उचित जमीन के बिना कुछ भी स्वीकार करने के लिए कहें। आप जल्द से जल्द मुझे उतना ही स्वीकार करेंगे जितना मुझे आपसे चाहिए। आप निश्चित रूप से पता है कि एक गणितीय लाइन, मोटाई की एक पंक्ति है कि नहीं के बराबर है, कोई वास्तविक अस्तित्व नहीं है। उन्होंने आपको सिखाया है? न तो गणितीय विमान है। ये बातें मात्र अमूर्त हैं। '

मनोवैज्ञानिक ने कहा, 'यह सब ठीक है।'

'न ही, केवल लंबाई, चौड़ाई और मोटाई होने से, एक घन का वास्तविक अस्तित्व हो सकता है।'

'वहाँ मुझे आपत्ति है,' फिल्बी ने कहा। 'बेशक एक ठोस शरीर मौजूद हो सकता है। सभी वास्तविक चीजें- '

'तो ज्यादातर लोग सोचते हैं। लेकिन एक पल रुकिए। क्या तात्कालिक घन मौजूद हो सकता है? '

'तुम पीछा मत करो,' फिल्बी ने कहा।

'क्या एक घन जो किसी भी समय तक नहीं रहता है, उसका वास्तविक अस्तित्व है?'

फिल्बी पोसिबल हो गई। 'स्पष्ट रूप से,' जिस समय यात्री आगे बढ़ा, 'किसी भी वास्तविक शरीर का चार दिशाओं में विस्तार होना चाहिए: इसकी लंबाई, चौड़ाई, मोटाई और अवधि होनी चाहिए। लेकिन मांस की एक प्राकृतिक दुर्बलता के माध्यम से, जिसे मैं आपको एक क्षण में समझाऊंगा, हम इस तथ्य को नजरअंदाज करना चाहते हैं। वास्तव में चार आयाम हैं, तीन जिन्हें हम अंतरिक्ष के तीन विमान कहते हैं, और एक चौथा, समय। हालाँकि, पूर्व तीन आयामों और उत्तरार्द्ध के बीच एक अवास्तविक अंतर को आकर्षित करने की प्रवृत्ति है, क्योंकि ऐसा होता है कि हमारी चेतना हमारे जीवन की शुरुआत से अंत तक एक दिशा में रुक-रुक कर चलती है। '

'कि', एक बहुत ही कम उम्र के व्यक्ति ने, दीपक पर अपने सिगार को छुड़ाने के लिए स्पस्मोडिक प्रयास किए; 'वह ... बहुत स्पष्ट रूप से।'

'अब, यह बहुत उल्लेखनीय है कि यह बहुत व्यापक रूप से अनदेखी की गई है,' समय यात्री को प्रसन्नता का एक मामूली उपयोग के साथ जारी रखा। 'वास्तव में यह चौथे आयाम से अभिप्राय है, हालांकि कुछ लोग जो

चौथे आयाम के बारे में बात करते हैं, वे नहीं जानते कि वे इसका मतलब जानते हैं। यह समय देखने का एक और तरीका है। समय और अंतरिक्ष के तीन आयामों में कोई अंतर नहीं है सिवाय इसके कि हमारी चेतना इसके साथ चलती है । लेकिन कुछ मूर्ख लोगों ने उस विचार के गलत पक्ष को पकड़ लिया है। आप सभी ने सुना है कि इस चौथे आयाम के बारे में उनका क्या कहना है? '

' मैंने नहीं,' प्रांतीय महापौर ने कहा।

'यह बस यह है। वह स्थान, जैसा कि हमारे गणितज्ञों के पास है, तीन आयामों के बारे में बात की जाती है, जिसे कोई व्यक्ति लंबाई, चौड़ाई और मोटाई कह सकता है, और हमेशा तीन विमानों के संदर्भ में, प्रत्येक को दूसरों के लिए समकोण पर निश्चित करता है। लेकिन कुछ दार्शनिक लोग यह पूछ रहे हैं कि तीन आयाम विशेष रूप से क्यों - दूसरे कोण पर दूसरे कोण पर दूसरी दिशा क्यों नहीं? - और यहां तक कि चार-आयाम ज्यामिति का निर्माण करने की भी कोशिश की गई है। प्रोफेसर सिमोन न्यूकॉम्ब इसे केवल एक या एक महीने पहले नए यार्क गणितीय समाज के लिए उजागर कर रहा था। आप जानते हैं कि एक सपाट सतह पर, जिसमें केवल दो आयाम होते हैं, हम तीन आयामी ठोस के एक आंकड़े का प्रतिनिधित्व कर सकते हैं, और इसी तरह वे सोचते हैं कि तीन आयामों के मॉडल से वे चार में से एक का प्रतिनिधित्व कर सकते हैं - यदि वे परिप्रेक्ष्य के मास्टर कर सकते हैं बात। ले देख?'

'मुझे ऐसा लगता है,' प्रांतीय महापौर बड़बड़ाया; और, अपने भौंकने से, वह एक आत्मनिरीक्षण अवस्था में चला गया, उसके होंठ एक के रूप में घूम रहे थे जो रहस्यवादी शब्दों को दोहराता है। 'हाँ, मुझे लगता है कि मैं इसे अभी देख रहा हूँ,' उन्होंने कुछ समय के बाद, काफी क्षणभंगुर तरीके से चमकते हुए कहा।

'ठीक है, मुझे यह बताने में कोई आपत्ति नहीं है कि मैं कुछ समय के लिए चार आयामों की इस ज्यामिति पर काम कर रहा हूं। मेरे कुछ परिणाम उत्सुक हैं। उदाहरण के लिए, यहां आठ साल की उम्र में एक व्यक्ति का

चित्र, पंद्रह साल की उम्र में, दूसरा सत्रह में, दूसरे का तेईस पर, और इसी तरह का एक चित्र है। ये सभी स्पष्ट रूप से खंड हैं, जैसा कि यह था, उनके चार-आयाम वाले तीन-आयामी प्रतिनिधित्व थे, जो एक निश्चित और अचूक बात है।

'वैज्ञानिक लोग,' इस समय के समुचित आत्मसात करने के लिए आवश्यक ठहराव के बाद, उस समय यात्री को आगे बढ़ाया, 'यह अच्छी तरह से जानते हैं कि समय केवल एक प्रकार का स्थान है। यहाँ एक लोकप्रिय वैज्ञानिक आरेख, एक मौसम रिकॉर्ड है। यह रेखा मैं अपनी उंगली से ट्रेस करता है बैरोमीटर की गति दिखाता है। कल यह इतना ऊँचा था, कल रात यह गिर गया था, फिर आज सुबह यह फिर से बढ़ गया, और इसलिए धीरे से यहाँ तक। निश्चित रूप से पारा अंतरिक्ष के किसी भी आयाम में इस रेखा का पता नहीं लगाता है जिसे आम तौर पर पहचाना जाता है? लेकिन निश्चित रूप से यह इस तरह की एक रेखा का पता लगाता है, और यह रेखा, इसलिए, हमें निष्कर्ष निकालना चाहिए कि समय-आयाम साथ था। '

'लेकिन,' मेडिकल मैन ने कहा, आग में कोयले पर कड़ी मेहनत करते हुए, 'अगर समय वास्तव में अंतरिक्ष का केवल चौथा आयाम है, तो यह हमेशा क्यों होता है, और इसे हमेशा कुछ अलग क्यों माना जाता है? और हम अंतरिक्ष के अन्य आयामों के बारे में समय के साथ आगे क्यों नहीं बढ़ सकते? '

जिस समय यात्री मुस्कुराया। 'क्या आप सुनिश्चित हैं कि हम अंतरिक्ष में स्वतंत्र रूप से घूम सकते हैं? दाएं और बाएं हम स्वतंत्र रूप से पर्याप्त रूप से आगे, पीछे जा सकते हैं, और पुरुषों ने हमेशा ऐसा किया है। मैं मानता हूं कि हम दो आयामों में स्वतंत्र रूप से आगे बढ़ते हैं। लेकिन कैसे ऊपर और नीचे के बारे में? गुरुत्वाकर्षण हमें वहां सीमित करता है। '

'बिल्कुल नहीं,' मेडिकल मैन ने कहा। 'गुब्बारे हैं।'

'लेकिन गुब्बारे से पहले, स्पैस्मोडिक जंपिंग और सतह की असमानताओं के लिए बचाओ, आदमी के पास ऊर्ध्वाधर आंदोलन नहीं था।'

"फिर भी वे थोड़ा ऊपर और नीचे जा सकते हैं," चिकित्सा आदमी ने कहा।

'आसान, ऊपर से नीचे तक आसान।'

'और आप समय पर आगे नहीं बढ़ सकते, आप वर्तमान क्षण से दूर नहीं जा सकते।'

'मेरे प्यारे साहब, बस यहीं आप गलत हैं। यह वह जगह है जहां पूरी दुनिया गलत हो गई है। हम हमेशा वर्तमान क्षण से दूर हो रहे हैं। हमारी मानसिक अस्तित्व, जो कि सारहीन हैं और जिनके कोई आयाम नहीं हैं, समय-आयाम के साथ एक समान वेग से कब्र से कब्र तक जा रहे हैं। बस के रूप में हम यात्रा करना चाहिए नीचे अगर हम पचास मील पृथ्वी की सतह से ऊपर हमारे अस्तित्व शुरू कर दिया। '

मनोवैज्ञानिक ने कहा, 'लेकिन बड़ी मुश्किल यह है।' 'आप अंतरिक्ष के सभी दिशाओं में आगे बढ़ सकते हैं, लेकिन आप समय के बारे में आगे नहीं बढ़ सकते।'

'यही मेरी महान खोज का रोगाणु है। लेकिन आप यह कहना गलत हैं कि हम समय के साथ आगे नहीं बढ़ सकते। उदाहरण के लिए, अगर मैं किसी घटना को बहुत स्पष्ट रूप से याद कर रहा हूं, तो मैं इसकी घटना के तुरंत बाद वापस जाता हूं: जैसा कि आप कहते हैं, मैं अनुपस्थित-दिमाग बन जाता हूं। मैं एक पल के लिए वापस कूद गया। निश्चित रूप से हमारे पास किसी भी लम्बाई के लिए रुकने का कोई साधन नहीं है, किसी भी प्रकार के एक जंगली जानवर या जानवर के पास जमीन से छह फीट ऊपर रहने की कोई जरूरत नहीं है। लेकिन एक सभ्य आदमी इस संबंध में बर्बरता से बेहतर है। वह एक गुब्बारे में गुरुत्वाकर्षण के खिलाफ जा सकता है, और उसे उम्मीद नहीं करनी चाहिए कि आखिरकार वह अपने

बहाव को समय-आयाम के साथ रोकने या तेज करने में सक्षम हो सकता है, या यहां तक कि दूसरे रास्ते से यात्रा कर सकता है? '

'ओह, यह ,' फिल्बी शुरू हुई, 'सब है-'

'क्यूँ नहीँ?' समय यात्री ने कहा।

'यह तर्क के खिलाफ है,' फिल्बी ने कहा।

'क्या कारण?' समय यात्री ने कहा।

'तुम काले को तर्क से सफेद दिखा सकते हो,' फिल्बी ने कहा, 'लेकिन तुम मुझे कभी नहीं मनाओगे।'

'संभवतः नहीं,' उस समय यात्री ने कहा। 'लेकिन अब आप मेरी जाँच की वस्तु को चार आयामों की ज्यामिति में देखना शुरू करते हैं। बहुत पहले मैंने एक मशीन की अस्पष्ट स्याही लगाई थी- '

'समय के माध्यम से यात्रा करने के लिए!' बहुत जवान आदमी को धन्यवाद दिया।

'जो चालक और चालक निर्धारित करता है कि अंतरिक्ष और समय की किसी भी दिशा में उदासीनता से यात्रा करेगा।'

फिल्बी ने खुद को हँसी के साथ संतुष्ट किया।

'लेकिन मेरे पास प्रायोगिक सत्यापन है,' समय यात्री ने कहा।

"यह इतिहासकार के लिए उल्लेखनीय रूप से सुविधाजनक होगा," मनोवैज्ञानिक ने सुझाव दिया। उदाहरण के लिए, कोई भी व्यक्ति यात्रा की लड़ाई के स्वीकृत खाते को वापस सत्यापित कर सकता है!

'क्या आपको नहीं लगता कि आप ध्यान आकर्षित करेंगे?' मेडिकल मैन ने कहा।
'हमारे पूर्वजों के पास अनीश्वरवाद के लिए कोई महान सहिष्णुता नहीं थी।'

बहुत युवा व्यक्ति ने सोचा, '' एक व्यक्ति को होमर और प्लेटो के होंठों से एक ग्रीक मिल सकता है।

'किस स्थिति में वे आपको लघुशंका के लिए निवेदन करेंगे। जर्मन विद्वानों ने ग्रीक में बहुत सुधार किया है। '

'फिर भविष्य है,' बहुत युवा ने कहा। 'ज़रा सोचो! कोई भी सभी के पैसे का निवेश कर सकता है, इसे ब्याज पर जमा करने के लिए छोड़ दें, और आगे से जल्दी करें! '

'एक समाज की खोज करने के लिए,' मैंने कहा, 'कड़ाई से साम्यवादी आधार पर बनाया गया।'

'सभी जंगली असाधारण सिद्धांत!' मनोवैज्ञानिक शुरू किया।

'हाँ, तो यह मुझे लग रहा था, और इसलिए मैंने कभी भी इसके बारे में बात नहीं की-'

'प्रयोगात्मक सत्यापन!' मैं रोया 'आप को सत्यापित करने के लिए जा रहे हैं कि ?'

'प्रयोग!' रोते हुए फिल्माया गया, जो दिमागी तौर पर थका हुआ था।

मनोवैज्ञानिक ने कहा, '' आप किसी भी तरह से अपने प्रयोग को देखें।

जिस समय यात्री ने हमें घेर लिया। तब, अभी भी बेहोश मुस्कुराते हुए, और अपने हाथों से अपने पतलून की जेब में गहरे तक, वह धीरे-धीरे

कमरे से बाहर चला गया, और हमने उसकी चप्पल को अपनी प्रयोगशाला के लिए लंबे समय से गुजरते हुए सुना।

मनोवैज्ञानिक ने हमारी ओर देखा। 'मुझे आश्चर्य है कि उसे क्या मिला है?'

'कुछ स्लीट-ऑफ-हैंड ट्रिक या अन्य,' मेडिकल मैन ने कहा, और फिल्बी ने हमें एक परिचारक के बारे में बताने की कोशिश की , जिसे उन्होंने बर्स्लेम में देखा था; लेकिन
इससे पहले कि वह अपना प्रस्तावना समाप्त करता, यात्री के वापस आने का समय समाप्त हो गया और
फिल्बी का किस्सा ढह गया।

जिस समय यात्री उसके हाथ में था, वह एक चमकदार धातु का ढांचा था, जो एक छोटी घड़ी की तुलना में बहुत बड़ा था, और बहुत ही नाजुक ढंग से बनाया गया था। इसमें हाथीदांत था, और कुछ पारदर्शी क्रिस्टलीय पदार्थ। और अब मुझे स्पष्ट होना चाहिए, इस प्रकार से - जब तक कि उनका स्पष्टीकरण स्वीकार नहीं किया जाता है - एक बिल्कुल अस्वीकार्य बात है। उसने कमरे के बारे में बिखरे हुए एक छोटे अष्टकोणीय तालिकाओं में से एक लिया और इसे आग के सामने सेट किया, जिसमें दो पैरों पर चूल्हा था। इस मेज पर उन्होंने तंत्र रखा। तब वह एक कुर्सी से उठा, और बैठ गया। मेज पर एकमात्र अन्य वस्तु एक छोटा छायांकित दीपक था, जिसकी उज्ज्वल रोशनी मॉडल पर गिर गई थी। वहाँ भी शायद एक दर्जन मोमबत्तियों के बारे में थे, मेंटल पर दो पीतल के कैंडलस्टिक और कई स्कोनस में, ताकि कमरा शानदार ढंग से रोशन हो। मैं आग के पास एक कम हाथ-कुर्सी में बैठ गया, और मैंने इसे आगे खींचा ताकि लगभग यात्री और चिमनी के बीच हो। उसके कंधे के ऊपर देख उसके पीछे बैठ गया। मेडिकल आदमी और प्रांतीय महापौर ने उसे दाईं ओर से प्रोफ़ाइल में देखा, बाएं से मनोवैज्ञानिक। बहुत युवा मनोवैज्ञानिक के पीछे खड़ा था। हम सभी अलर्ट पर थे। यह मेरे लिए अविश्वसनीय प्रतीत होता है कि किसी भी तरह की चाल, हालांकि सूक्ष्म

रूप से कल्पना की गई है और हालांकि एड्रोइटली किया गया है, हमें इन परिस्थितियों में खेला जा सकता है।

जिस समय यात्री ने हमारी ओर देखा, और फिर तंत्र पर। 'कुंआ?' मनोवैज्ञानिक ने कहा।

'यह थोड़ा चक्कर,' समय यात्री ने कहा, मेज पर अपनी कोहनी को आराम और तंत्र के ऊपर अपने हाथों को एक साथ दबाकर, केवल एक मॉडल है। समय के माध्यम से यात्रा करने की मशीन के लिए यह मेरी योजना है। आप देखेंगे कि यह विलक्षण रूप से पुछताछ दिखता है, और इस बार के बारे में एक अजीब सा आभास होता है, जैसे कि यह किसी तरह से असत्य हो। ' उसने अपनी उंगली से उस हिस्से की ओर इशारा किया। 'यह भी, यहाँ एक सफेद लीवर है, और यहाँ एक और है।'

मेडिकल मैन अपनी कुर्सी से उठ गया और इस बात की ओर इशारा किया।
"यह खूबसूरती से बनाया गया है," उन्होंने कहा।

'समय लगने में दो साल लग गए,' समय यात्री को पीछे हटा दिया। फिर, जब हम सभी ने मेडिकल मैन की कार्रवाई की नकल की, तो उन्होंने कहा: 'अब मैं आपको स्पष्ट रूप से समझना चाहता हूं कि इस लीवर को दबाया जा रहा है, मशीन को भविष्य में ग्लाइडिंग भेजता है, और यह अन्य गति को उलट देता है। यह काठी एक समय यात्री की सीट का प्रतिनिधित्व करती है। वर्तमान में मैं लीवर दबाने जा रहा हूं, और मशीन बंद हो जाएगी। यह गायब हो जाएगा, भविष्य के समय में गुजर जाएगा, और गायब हो जाएगा। एक अच्छी बात पर गौर करें। तालिका को भी देखो, और अपने आप को संतुष्ट करें कोई प्रवंचना नहीं है। मैं इस मॉडल को बर्बाद नहीं करना चाहता, और फिर मुझे कहा जाता है कि मैं एक क्रैक हूं। '

शायद एक मिनट का ठहराव था। मनोवैज्ञानिक मुझे बोलने के लिए लग रहा था, लेकिन उसका मन बदल गया। फिर उस समय यात्री ने अपनी

उंगली को लीवर की ओर रखा। 'नहीं,' उसने अचानक कहा। 'मुझे अपना हाथ उधार दो।' और मनोवैज्ञानिक की ओर मुड़ते हुए, उसने उस व्यक्ति का हाथ अपने हाथ में ले लिया और उससे कहा कि वह अपना अग्रभाग बाहर कर दे। इसलिए कि यह मनोवैज्ञानिक ही था जिसने अपनी अंतर-यात्रा पर मॉडल टाइम मशीन को भेजा। हम सभी ने लीवर को देखा। मैं बिल्कुल निश्चित हूं कि कोई चालबाजी नहीं थी। हवा का एक झोंका आया, और दीपक की लौ उछल गई। मैन्टल पर मोमबत्तियों में से एक को उड़ा दिया गया था, और छोटी मशीन अचानक गोल हो गई थी, अविचलित हो गई थी, दूसरी बार के लिए एक भूत के रूप में देखा गया था, बेहोश करने वाली चमकदार पीतल और हाथी दांत की एक एड़ी के रूप में; और यह गायब हो गया था! दीपक को बचाने के लिए मेज नंगी थी।

हर कोई एक मिनट के लिए चुप था। तब फिल्बी ने कहा कि वह शापित था।

मनोवैज्ञानिक अपनी मूर्खता से उबर गया, और अचानक मेज के नीचे देखा। उस समय यात्री हंसते हुए हंसता था। 'कुंआ?' उन्होंने कहा, मनोवैज्ञानिक की याद के साथ। फिर, उठते हुए, वह मंटेल पर तंबाकू के जार में गया, और अपनी पीठ के साथ हमारे पाइप को भरने लगा।

हम एक दूसरे को घूरते रहे। 'यहाँ देखो,' मेडिकल मैन ने कहा, 'क्या आप इस बारे में पूरी तैयारी से हैं? क्या आप गंभीरता से मानते हैं कि उस मशीन ने समय में यात्रा की है? '

'निश्चित रूप से,' समय यात्री ने कहा, आग पर एक प्रकाश फैलाने के लिए । फिर वह मनोवैज्ञानिक चिकित्सक के चेहरे को देखने के लिए अपने पाइप को रोशन करने लगा। (मनोवैज्ञानिक, यह दिखाने के लिए कि वह अपरिवर्तित नहीं था, उसने खुद को एक सिगार की मदद की और इसे बिना उजाले के प्रकाश में लाने की कोशिश की।) 'और क्या है, मेरे पास एक बड़ी मशीन लगभग खत्म हो चुकी है।' मुझे एक साथ रखा जाता है, जिसका मतलब है कि मेरे अपने खाते में एक यात्रा है। '

'आपके कहने का मतलब है कि उस मशीन ने भविष्य में यात्रा की है?' फिल् म ने कहा।

भविष्य में या अतीत — मैं कुछ के लिए नहीं जानता, जो।

एक अंतराल के बाद मनोवैज्ञानिक को एक प्रेरणा मिली। 'यह अतीत में चला गया होगा अगर यह कहीं भी चला गया है,' उन्होंने कहा।

'क्यों?' समय यात्री ने कहा।

'क्योंकि मैं मानता हूं कि यह अंतरिक्ष में नहीं गया है, और अगर यह भविष्य में यात्रा करता है, तो यह अभी भी यहां होगा, क्योंकि यह इस समय के माध्यम से यात्रा करेगा।'

'लेकिन,' मैंने कहा, 'अगर यह अतीत में जाता तो यह तब दिखाई देता जब हम इस कमरे में पहली बार आते थे; और जब हम यहां थे, तो आखिरी थर्सडे; और उससे पहले का दिन; इत्यादि!'

'गंभीर आपत्तियां,' ने प्रांतीय महापौर को टिप्पणी की, निष्पक्षता की हवा के साथ, समय यात्री की ओर मुड़ते हुए।

'थोड़ा नहीं,' उस समय यात्री ने कहा, और, मनोवैज्ञानिक को: 'आपको लगता है। आप उसे समझा सकते हैं। यह दहलीज के नीचे की प्रस्तुति है, आप जानते हैं, पतला प्रस्तुति। '

'बेशक,' मनोवैज्ञानिक ने कहा, और हमें आश्वस्त किया। 'यह मनोविज्ञान का एक सरल बिंदु है। मुझे इसके बारे में सोचना चाहिए था। यह पर्याप्त सादा है, और विरोधाभास को खुशी से मदद करता है। हम इसे नहीं देख सकते हैं, न ही हम इस मशीन की सराहना कर सकते हैं, इससे भी अधिक कि हम एक पहिया कताई, या हवा के माध्यम से उड़ने वाली गोली की बात कर सकते हैं। अगर वह समय से पचास गुना या सौ गुना

तेजी से यात्रा कर रहा है, अगर हम एक मिनट के माध्यम से, जबकि हम एक सेकंड के माध्यम से प्राप्त करते हैं, तो यह जो धारणा बनाता है वह निश्चित रूप से केवल एक-पचासवां या एक-सौवां होगा जो यह होगा बनाओ अगर यह समय में यात्रा नहीं कर रहे थे। इतना सादा है। ' वह अपना हाथ उस स्थान से गुजरा जिसमें मशीन थी। 'आप समझ सकते हैं?' उसने हंसते हुए कहा।

हम एक-एक मिनट के लिए खाली पड़ी मेज पर बैठे और घूरते रहे। फिर उस
समय यात्री ने हमसे पूछा कि हम यह सब क्या सोचते हैं।

"यह रात के लिए पर्याप्त लगता है," चिकित्सा आदमी ने कहा; 'लेकिन जब तक दु: ख का इंतजार करो। सुबह के सामान्य ज्ञान की प्रतीक्षा करें।
'

'क्या आप खुद टाइम मशीन देखना चाहेंगे?' समय यात्री से पूछा। और इसके बावजूद, दीपक को अपने हाथ में लेते हुए, उन्होंने अपनी प्रयोगशाला में लंबे, कमज़ोर गलियारे के नीचे जाने का मार्ग प्रशस्त किया। मुझे स्पष्ट रूप से टिमटिमाती हुई रोशनी, उसकी कतार, सिल्हूट में व्यापक सिर, छायाओं का नृत्य याद है, कैसे हम सभी ने उसका अनुसरण किया, हैरान, लेकिन अविश्वसनीय, और प्रयोगशाला में हमने छोटे तंत्र के एक बड़े संस्करण को स्वीकार किया जिसे हमने देखा था। हमारी आंखों के सामने से गायब हो जाते हैं। भागों निकेल के थे, हाथी दांत के कुछ हिस्सों, निश्चित रूप से रॉक क्रिस्टल से बाहर दायर किए गए या थे। यह बात आम तौर पर पूरी हो गई थी, लेकिन मुड़ी हुई स्फटिक की पट्टियाँ कुछ चादरों के साथ बेंच पर अधूरी पड़ी थीं, और मैंने इस पर एक बेहतर नज़र डाली। क्वार्ट्ज यह लग रहा था।

'यहाँ देखो,' मेडिकल मैन ने कहा, 'क्या आप पूरी तरह से गंभीर हैं? या यह एक चाल है - उस भूत की तरह जो आपने हमें पिछले क्रिसमस दिखाया था? '

'उस मशीन पर,' समय यात्री ने कहा, दीपक को ऊपर से पकड़कर, 'मैं समय का पता लगाने का इरादा रखता हूं। क्या वह सादा है? मैं अपने जीवन में कभी ज्यादा गंभीर नहीं था। '

हममें से कोई भी इसे लेना नहीं जानता था।

मैंने मेडिकल मैन के कंधे पर फिल्बी की नज़र डाली, और उसने मुझे पूरी तरह से देखा।

द्वितीय

मुझे लगता है कि उस समय हममें से कोई भी टाइम मशीन में काफी विश्वास नहीं करता था। तथ्य यह है कि, समय यात्री उन लोगों में से एक था जो विश्वास करने के लिए बहुत चालाक हैं: आपने कभी महसूस नहीं किया कि आपने उसे देखा; आपको हमेशा कुछ सूक्ष्म आरक्षितों पर संदेह था, कुछ स्पष्टता में उनकी स्पष्टता के पीछे। फिल्बी ने मॉडल दिखाया और समय यात्राकर्ता के शब्दों में इस मामले को समझाया, हमें उसे कम संदेह में दिखाना चाहिए था । क्योंकि हमें उसके उद्देश्यों को मानना चाहिए था; एक सूअर का बच्चा कसाई समझ सकता था। लेकिन उस समय यात्री के पास उसके तत्वों में से एक स्पर्श था, और हमने उसे अविश्वास किया। चीजें जो एक कम चालाक आदमी के फ्रेम को बनाया होगा उसके हाथ में चालें लग रहा था। चीजों को भी आसानी से करना एक गलती है। गंभीर लोग, जिन्होंने उसे गंभीरता से लिया था, अपने निर्वासन के बारे में सुनिश्चित नहीं थे; वे किसी तरह जानते थे कि उनके साथ निर्णय के लिए उनकी प्रतिष्ठा पर भरोसा करना अंडे के खोल वाले चीन के साथ एक नर्सरी प्रस्तुत करने जैसा था। इसलिए मुझे नहीं लगता कि हममें से किसी ने भी उस थर्सडे और अगले के बीच के अंतराल में यात्रा करने के बारे में बहुत कुछ कहा, हालांकि इसकी विचित्र क्षमताएँ चलीं, इसमें कोई शक नहीं, हमारे दिमाग में: इसकी व्यावहारिकता, यानी इसकी व्यावहारिक अविश्वसनीयता, एनाक्रोनिज़्म की जिज्ञासु संभावनाओं और पूरी तरह से भ्रम का सुझाव दिया। अपने स्वयं के भाग के लिए, मैं विशेष रूप से मॉडल की चाल के साथ व्यस्त था। मुझे याद है कि मैं उस मेडिकल आदमी के साथ चर्चा कर रहा था, जिनसे मैं लिनियन

में मिले थे। उन्होंने कहा कि उन्होंने ट्यूबिंग में एक समान चीज देखी थी, और मोमबत्ती से बाहर उड़ाने पर काफी जोर दिया। लेकिन यह कैसे किया जाता है वह समझा नहीं सकता था।

अगले थर्सडे मैं फिर से रिचमंड में चला गया- मुझे लगता है कि मैं उस समय के सबसे निरंतर मेहमानों में से एक था - और, देर से पहुंचने पर, चार-पाँच आदमी पहले से ही अपने ड्राइंग-रूम में इकट्ठे थे। मेडिकल मैन एक हाथ में कागज की एक शीट और दूसरे में उसकी घड़ी के साथ आग से पहले खड़ा था। मैंने उस समय के यात्री के लिए दौर देखा, और 'अब साढ़े सात बज चुके हैं।' 'मुझे लगता है कि हम बेहतर रात का खाना होगा?'

'कहाँ है -?' मैंने कहा, हमारे मेजबान का नामकरण।

'तुम अभी आए हो? बल्कि अजीब है। वह अनजाने में हिरासत में है। अगर वह वापस नहीं आता है तो वह मुझसे सात बजे रात के खाने का नेतृत्व करने के लिए कहता है। वह कहता है कि जब वह आएगा तो समझा दूँगा। '

एक जाने-माने दैनिक पत्र के संपादक ने कहा, "रात के खाने को खराब होने की दया आती है;" और उसके बाद डॉक्टर ने घंटी बजाई।

मनोवैज्ञानिक चिकित्सक के अलावा एकमात्र व्यक्ति था और मैं पिछले डिनर में शामिल हुआ था। अन्य लोग खाली थे, संपादक उक्त, एक निश्चित पत्रकार, और दूसरा- दाढ़ी वाला एक शांत, शर्मीला आदमी, जिसे मैं नहीं जानता था, और जो, जहां तक मेरा अवलोकन रहा, उसने कभी भी शाम को अपना मुंह नहीं खोला। । खाने-पीने की मेज पर कुछ समय की ट्रैवलर की अनुपस्थिति के बारे में कुछ अटकलें लगाई गई थीं, और मैंने सुझाव दिया कि समय यात्रा करें, एक अर्ध-मज़दूर भावना में। संपादक चाहता था कि उसे समझाया जाए, और मनोवैज्ञानिक ने 'सरल विरोधाभास और चाल' के एक लकड़ी के खाते को स्वेच्छा से देखा था। जब वह गलियारे का दरवाजा धीरे-धीरे और बिना शोर-शराबे के खुलता

था, तो वह अपने प्रदर्शन के बीच में था। मैं दरवाजे का सामना कर रहा था, और पहले इसे देखा। 'हलो!' मैंने कहा। 'आखिरकार!' और दरवाजा व्यापक हो गया, और समय यात्री हमारे सामने खड़ा हो गया। मैंने अचरज की दुहाई दी। 'अरे या वाह! यार, क्या बात है? ' मेडिकल मैन रोया, जिसने उसे आगे देखा। और पूरा मेज़पोश दरवाजे की ओर बढ़ा।

वह एक अद्भुत दुर्दशा में था। उसका कोट धूल और गंदा था, और आस्तीन नीचे हरे रंग के साथ लिपटे; उसके बाल अस्त-व्यस्त हो गए, और जैसा कि यह मुझे अच्छा लग रहा था - या तो धूल और गंदगी के साथ या क्योंकि इसका रंग वास्तव में फीका था। उसका चेहरा एकदम पीला पड़ गया था; उसकी ठोड़ी पर एक भूरा कट था - एक कट आधा चंगा; उनकी अभिव्यक्ति हगार्ड थी और खींची गई थी, जैसा कि गहन पीड़ा से। एक पल के लिए वह दरवाजे से झिझक गया, जैसे वह रोशनी से चकाचौंध हो गया हो। फिर वह कमरे में आया। वह बस ऐसे लंगड़े के साथ चला, जैसा कि मैंने फुटसोर ट्रैंप में देखा है। हमने उसे चुपचाप देखा, उससे अपेक्षा की कि वह बोलें।

उन्होंने कहा कि एक शब्द नहीं है, लेकिन मेज पर दर्द से आया, और शराब के लिए एक प्रस्ताव बना दिया। संपादक ने शैंपेन का एक गिलास भरा, और उसे अपनी ओर बढ़ाया। उन्होंने इसे सूखा दिया, और यह उसे अच्छा करने के लिए लग रहा था: क्योंकि वह मेज पर चक्कर लगा रहा था, और उसकी पुरानी मुस्कान का भूत उसके चेहरे पर टिमटिमा रहा था। 'पृथ्वी पर क्या हो रहा है, यार?' डॉक्टर ने कहा। उस समय यात्री को सुनाई नहीं दे रहा था। उन्होंने कहा, " मैं आपको परेशान नहीं होने दूंगा। " 'मैं ठीक हूँ।' वह रुक गया, और अधिक के लिए अपने गिलास को बाहर रखा, और इसे एक मसौदे में बंद कर दिया। 'यह अच्छा है,' उन्होंने कहा। उसकी आंखें तेज हो गईं, और एक बेहोश रंग उसके गाल में आ गया। उसकी नज़र एक निश्चित सुस्त अनुमोदन के साथ हमारे चेहरे पर टिमटिमाती है, और फिर गर्म और आरामदायक कमरे में घूमती है। तब वह फिर से बोला, फिर भी जैसे वह अपने शब्दों के बीच अपना रास्ता महसूस कर रहा था। 'मैं कपड़े धोने और कपड़े पहनने जा रहा हूं, और

फिर मैं नीचे आऊंगा और चीजों को समझाऊंगा ... मुझे उस मटन से बचाओ। मैं थोड़ा मांस के लिए भूखा हूँ। '

उसने संपादक की ओर देखा, जो एक दुर्लभ आगंतुक था, और आशा है कि वह सब ठीक था। संपादक ने एक सवाल शुरू किया। 'आप वर्तमान में बताएं,' उस समय यात्री ने कहा। 'मैं अजीब हूँ! एक मिनट में सब ठीक हो जाए। '

उसने अपना गिलास नीचे रखा, और सीढ़ी के दरवाजे की ओर चला। फिर से मैंने उसकी लंगड़ाहट और उसके पैर की नरम गद्दी की आवाज़ पर टिप्पणी की, और मेरे स्थान पर खड़े होकर, मैंने उसके पैरों को देखा क्योंकि वह बाहर गया था। उनके पास कुछ भी नहीं था, लेकिन एक जोड़ी , खून से सना हुआ मोजे। तब दरवाजा उस पर बंद हो गया। मेरा आधा दिमाग था, जब तक मुझे याद नहीं आता कि कैसे उसने अपने बारे में कोई उपद्रव किया। एक मिनट के लिए, शायद, मेरा मन ऊन-सभा था। फिर, 'एक प्रख्यात वैज्ञानिक का उल्लेखनीय व्यवहार,' मैंने संपादक को यह कहते हुए सुना, सोच (उनके अभ्यस्त के बाद) सुर्खियों में। और इसने मेरा ध्यान उज्ज्वल डिनर-टेबल पर वापस ला दिया।

'खेल क्या है?' पत्रकार ने कहा। 'क्या वह शौकिया कैडर कर रहा है? मैं पीछा नहीं करता। ' मैं मनोवैज्ञानिक की आंख से मिला, और उसके चेहरे पर अपनी व्याख्या पढ़ी। मैंने उस समय के बारे में सोचा जब यात्री दर्द से ऊपर उठता है। मुझे नहीं लगता कि किसी और ने उसकी उदासी पर ध्यान दिया था।

पहली बार इस आश्चर्य से पूरी तरह से उबरने के लिए, मेडिकल आदमी था, जिसने घंटी बजाई थी - जिस समय यात्री को खाने के लिए इंतजार करने वाले नौकरों से नफरत थी - एक गर्म प्लेट के लिए। उस समय संपादक ने अपने चाकू को घुमाया और एक कुंद के साथ कांटा, और मूक आदमी ने पीछा किया। रात का खाना फिर से शुरू किया गया। वार्तालाप थोड़ी देर के लिए विस्मयकारी था, आश्चर्य के अंतराल के साथ; और फिर संपादक अपनी जिज्ञासा में उत्कट हो गए। क्या हमारा दोस्त

अपनी मामूली आय को पार कर लेता है? या क्या उसने अपने नबूकदनेस्सर को चरणबद्ध किया है? ' उसने पूछताछ की। 'मुझे लगता है कि यह टाइम मशीन का व्यवसाय है।' नए मेहमान स्पष्ट रूप से अविश्वसनीय थे। संपादक ने आपत्तियाँ उठाईं। 'क्या था इस समय यात्रा? एक आदमी विरोधाभास में लुढ़क कर खुद को धूल से नहीं ढंक सकता था? ' और फिर, जैसे ही यह विचार उनके घर आया, उन्होंने कैरिकेचर का सहारा लिया। क्या भविष्य में उनके पास कोई कपड़े-ब्रश नहीं थे? पत्रकार भी, किसी भी कीमत पर विश्वास नहीं करेगा, और पूरी बात पर उपहास उड़ाने के आसान काम में संपादक के साथ शामिल हो गया। वे दोनों नए तरह के पत्रकार थे - बहुत ही हर्षित, बेपरवाह नौजवान। 'हमारे विशेष संवाददाता ने दु: खद रिपोर्ट के बाद दिन में,' पत्रकार कह रहा था- या चिल्लाते हुए जब-जब यात्री वापस लौटा। वह साधारण शाम के कपड़े पहने हुए था, और कुछ भी नहीं बचाने के लिए उसका भद्दा रूप मुझे बदल गया था।

'मैं कहता हूँ,' संपादक ने उल्लासपूर्वक कहा, 'यहाँ के लोग कहते हैं कि आप अगले सप्ताह के मध्य में यात्रा कर रहे हैं! थोड़ा गुलाब के बारे में हमें बताएं, क्या आप करेंगे? आप बहुत कुछ लेंगे क्या? '

जिस समय यात्री बिना शब्द के उसके लिए आरक्षित स्थान पर आया था। वह चुपचाप मुस्कुराया, अपने पुराने तरीके से। 'मेरा मटन कहाँ है?' उन्होंने कहा। 'क्या एक इलाज है यह फिर से मांस में एक कांटा छड़ी करने के लिए है!'

'कहानी!' संपादक रोया।

'कहानी धिक्कार है!' समय यात्री ने कहा। 'मैं खाने के लिए चाहिए। जब तक मैं अपनी धमनियों में कुछ पेप्टोन नहीं लाऊंगा, मैं एक शब्द नहीं कहूंगा। धन्यवाद। और नमक। '

'एक शब्द,' मैंने कहा। 'क्या आप समय यात्रा कर रहे हैं?'

'हाँ,' उस समय यात्री ने कहा, अपने मुँह को पूरा, सिर हिलाकर।

संपादक ने कहा, '' मैं एक शब्दशः नोट के लिए एक लाइन देता हूँ। जिस समय यात्री ने अपने गिलास को मूक आदमी की ओर धकेला और उसे अपनी नख से रंग दिया; जिस पर खामोश आदमी, जो उसके चेहरे को घूर रहा था, उसे मनाने लगा और उसे शराब पिलाई। रात के खाने के बाकी असहज था। मेरे अपने हिस्से के लिए, मेरे होठों पर अचानक सवाल उठते रहे, और मैं कहता हूं कि दूसरों के साथ भी ऐसा ही था। पत्रकार ने हेट्टी कुम्हार के किस्से सुनाकर तनाव दूर करने की कोशिश की। जिस समय यात्री ने अपना ध्यान अपने रात्रिभोज पर लगाया, और एक ट्रम्प की भूख को प्रदर्शित किया। चिकित्सा आदमी ने एक सिगरेट पी, और अपनी पलकों के माध्यम से समय यात्री को देखा। मूक व्यक्ति सामान्य से भी अधिक भद्दा लग रहा था, और नियमितता और सरासर घबराहट से दृढ़ संकल्प के साथ शैंपेन पीता था। अंतिम समय में यात्री ने अपनी प्लेट को दूर धकेल दिया, और हमें देखा। 'मुझे लगता है कि मुझे माफी मांगनी चाहिए,' उन्होंने कहा। 'मैं बस भूख से मर रहा था। मेरे पास सबसे अद्भुत समय था। ' वह सिगार के लिए उसके हाथ तक पहुँच गया, और अंत काट दिया। 'लेकिन धूम्रपान कक्ष में आते हैं। यह चिकना प्लेटों पर बताने के लिए बहुत लंबी कहानी है। ' और पास में घंटी बजाते हुए, उन्होंने बगल के कमरे में रास्ता बनाया।

'आपने रिक्त, और डैश को बताया है, और मशीन के बारे में चुना है?' उसने मुझसे कहा, अपनी आसान कुर्सी पर पीछे झुक कर और तीन नए मेहमानों का नामकरण कर।

'लेकिन बात सिर्फ विरोधाभास की है,' संपादक ने कहा।

'मैं रात में बहस नहीं कर सकता। मुझे आपको कहानी बताने में कोई आपत्ति नहीं है, लेकिन मैं बहस नहीं कर सकता। मैं करूंगा, 'वह चला गया,' आपको जो कुछ भी हुआ है, उसकी कहानी बताएं, अगर आप चाहें, लेकिन आपको रुकावटों से बचना चाहिए। मैं यह बताना चाहता हूं। बुरी तरह। इसमें से अधिकांश झूठ की तरह लगेंगे। ऐसा ही हो! यह सच

है - इसका हर शब्द, सभी समान। मैं चार बजे अपनी प्रयोगशाला में था, और तब से ... मैं आठ दिन जी चुका हूँ ... ऐसे दिन जैसे पहले कभी कोई इंसान नहीं रहा था! मैं लगभग खराब हो चुका हूं, लेकिन जब तक मैंने यह बात आपको नहीं बताई, तब तक मुझे नींद नहीं आई। तब मैं बिस्तर पर जाऊंगा लेकिन कोई रुकावट नहीं! क्या यह सहमत है? '

'सहमत हुए,' संपादक ने कहा, और हम में से बाकी ने प्रतिध्वनित किया। ' और उस समय के साथ यात्री ने अपनी कहानी शुरू की, जैसा कि मैंने इसे निर्धारित किया है। वह पहली बार अपनी कुर्सी पर वापस बैठा, और एक थके हुए आदमी की तरह बोला। बाद में वह और अधिक एनिमेटेड हो गया। इसे लिखने में मुझे लगता है कि केवल कलम और स्याही की अपर्याप्तता के साथ-साथ, सबसे ऊपर, मेरी खुद की अपर्याप्तता - इसकी गुणवत्ता को व्यक्त करने के लिए। आप पढ़ते हैं, मैं मानूंगा, ध्यान से पर्याप्त है; लेकिन आप छोटे दीपक के उज्ज्वल सर्कल में स्पीकर के सफेद, ईमानदार चेहरे को नहीं देख सकते हैं, और न ही उसकी आवाज के बारे में सुन सकते हैं। आप नहीं जान सकते कि उनकी अभिव्यक्ति ने उनकी कहानी के मोड़ का अनुसरण कैसे किया! हम में से अधिकांश श्रोता छाया में थे, क्योंकि धूम्रपान करने वाले कमरे में मोमबत्तियाँ नहीं रोशन की गईं थीं, और केवल पत्रकार का चेहरा और घुटनों से नीचे की ओर खामोश आदमी के पैर रोशन थे। पहले तो हमने एक-दूसरे पर नज़र डाली। एक समय के बाद हम ऐसा करना बंद कर देते हैं, और उस समय केवल यात्री के चेहरे को देखते हैं।

तृतीय

'मैंने आपमें से कुछ लोगों को टाइम मशीन के सिद्धांतों के आखिरी थर्सडे के बारे में बताया था, और वर्कशॉप में अधूरी बात आपको खुद दिखाई थी। यह अब है, थोड़ा यात्रा-पहना, सही मायने में; और हाथीदांत सलाखों में से एक दरार है, और एक पीतल की रेल तुला है; लेकिन इसके बाकी हिस्सों में पर्याप्त ध्वनि है। मैं इसे शुक्रवार को खत्म करने की उम्मीद करता हूं, लेकिन शुक्रवार को, जब एक साथ रखा गया था, तो मैंने पाया कि निकल सलाखों में से एक बिल्कुल एक इंच छोटा था, और मुझे

इसका रीमेक बनाना था; ताकि आज सुबह तक बात पूरी न हो। यह दस बजे दिन का समय था कि सबसे पहले मशीनों ने अपना करियर शुरू किया। मैंने इसे एक आखिरी नल दिया, सभी पेंचों को फिर से आज़माया, क्वार्ट्ज रॉड पर तेल की एक और बूंद डाल दी और खुद को काठी में बैठा लिया। मुझे लगता है कि एक आत्महत्या जो अपनी खोपड़ी पर पिस्तौल रखती है, वही आश्चर्यचकित करता है जो मुझे तब महसूस होता है जब मैं आगे आता हूं। मैंने एक हाथ में शुरुआती लीवर लिया और दूसरे में एक को रोककर, पहले को दबाया, और लगभग तुरंत दूसरे को। मुझे लगता है रील; मुझे गिरने का एक बुरा अनुभव हुआ; और, गोल दिखते हुए, मैंने प्रयोगशाला को पहले की तरह देखा। क्या कुछ हुआ था? एक पल के लिए मुझे संदेह हुआ कि मेरी बुद्धि ने मुझे धोखा दिया है। फिर मैंने घड़ी देखी। एक पल पहले, जैसा कि यह लग रहा था, यह एक मिनट या पिछले दस पर खड़ा था; अब लगभग साढ़े तीन बज चुके थे!

'मैंने एक सांस खींची, अपने दाँत सेट किए, दोनों हाथों से शुरू करने वाले लीवर को पकड़ लिया, और एक ठग के साथ रवाना हो गया। प्रयोगशाला धुंधली हो गई और अंधेरा हो गया। श्रीमती। वाटरचेट अंदर आया और चला गया, जाहिरा तौर पर मुझे बिना देखे, बगीचे के दरवाजे की ओर। मुझे लगता है कि यह जगह लेने के लिए उसे एक मिनट का समय लगा, लेकिन मुझे वह एक रॉकेट की तरह पूरे कमरे में शूटिंग करने लगा। मैंने लीवर को उसके चरम स्थान पर दबाया। रात एक दीपक से बाहर निकलने की तरह आई, और एक और क्षण में दु: ख हुआ। प्रयोगशाला बेहोश और धुंधला हो गया, फिर बेहोशी और कभी बेहोशी। दु: ख की रात काली हो गई, फिर दिन फिर रात, फिर से दिन, फिर से तेज और तेज। एक भयावह बड़बड़ाहट ने मेरे कान भर दिए, और एक अजीब, गूंगा भ्रम मेरे दिमाग में उतर गया।

'मुझे डर है कि मैं समय यात्रा की अजीब संवेदनाओं को व्यक्त नहीं कर सकता। वे अत्यधिक अप्रिय हैं। बिल्कुल वैसा ही अहसास होता है, जैसे किसी को एक स्विचबैक पर होता है- एक असहाय सिर के बल गति! मैं एक ही भयानक प्रत्याशा, एक आसन्न लूट को भी महसूस किया। जैसा

कि मैंने गति दी, रात एक काले पंख के फड़फड़ाने की तरह दिन के बाद। प्रयोगशाला का मंद सुझाव वर्तमान में मुझसे दूर जाना प्रतीत हो रहा था, और मैंने देखा कि सूरज पूरे आसमान में तेज़ी से मंडरा रहा था, हर मिनट छलांग लगा रहा था, और हर मिनट एक दिन अंकन कर रहा था। मुझे लगता है कि प्रयोगशाला नष्ट हो गई थी और मैं खुली हवा में आ गया था। मेरे पास मचान की मंद छाप थी, लेकिन मैं पहले से ही बहुत तेजी से आगे बढ़ रहा था किसी भी चलती चीजों के प्रति सचेत होने के लिए। सबसे धीमी घोंघा जो कभी रेंगती थी वह मेरे लिए बहुत तेजी से धराशायी हो गई। अंधेरा और प्रकाश का उत्तराधिकार आंख के लिए अत्यधिक दर्दनाक था। तब, रुक-रुक कर अंधेरे में, मैंने अपने क्वार्टर से नए से पूरे होते हुए चंद्रमा को तेजी से घूमते देखा, और चक्कर लगाने वाले सितारों की बेहोश झलक थी। वर्तमान में, जैसा कि मैंने जाना, अभी भी वेग प्राप्त कर रहा है, रात और दिन का तालमेल एक निरंतर उल्लास में विलीन हो गया है; आकाश ने नीले रंग की एक अद्‌भुत गहराई पर ले जाया, एक शानदार चमकदार रंग जैसा कि शुरुआती सांझ; झटकेदार सूरज आग की लकीर बन गया, अंतरिक्ष में एक शानदार मेहराब; चंद्रमा एक बेहोश करने वाला उतार-चढ़ाव बैंड; और मैं सितारों में से कुछ भी नहीं देख सकता था, अब और फिर नीले रंग में टिमटिमाते हुए एक चक्र को बचाओ।

'परिदृश्य धुंध और अस्पष्ट था। मैं अभी भी पहाड़ी की ओर था जिस पर यह घर अब खड़ा है, और कंधे मेरे ऊपर ग्रे और मंद पड़ गए। मैंने देखा कि पेड़ उगते और बदलते रहते हैं, जो अब हरे, अब हरे रंग के हैं; वे बड़े हो गए, फैल गए, कांप गए, और गुजर गए। मैंने देखा कि विशाल इमारतें बेहोश और निष्पक्ष हैं, और सपने की तरह गुजरती हैं। पृथ्वी की पूरी सतह बदली-सी महसूस हुई और पिघलकर मेरी आँखों के नीचे आ गई। डायल पर छोटे हाथों ने मेरी गति को तेज और तेजी से दर्ज किया। वर्तमान में मैंने नोट किया कि सन बेल्ट एक मिनट या उससे भी कम समय में संक्रांति से संक्रांति तक ऊपर और नीचे चला जाता है, और परिणामस्वरूप मेरी गति एक वर्ष में एक मिनट से अधिक थी; और

मिनट दर मिनट दुनिया भर में सफ़ेद बर्फ़ चमकती रही और लुप्त हो गई, और उसके बाद वसंत की उज्ज्वल, संक्षिप्त हरियाली दिखाई दी।

'शुरुआत की अप्रिय संवेदनाएं अब कम मार्मिक नहीं थीं। वे अंत में एक प्रकार की हिस्टेरिकल स्पिरिटेशन में विलीन हो गए। मैं वास्तव में मशीन का एक अनाड़ी बोल रहा था, जिसके लिए मैं खाता नहीं था। लेकिन मेरा मन भी इसमें शामिल होने के लिए बहुत उलझन में था, इसलिए मुझ पर एक तरह का पागलपन बढ़ने के साथ, मैंने अपने आप को व्यर्थ में झोंक दिया। पहले तो मुझे डर लगने लगा, डरने लगा, कुछ भी सोचा लेकिन इन नई संवेदनाओं ने। लेकिन वर्तमान में छापों की एक नई श्रृंखला मेरे दिमाग में पली-बढ़ी है, एक निश्चित जिज्ञासा और एक निश्चित भय के साथ-आखिर में जब तक उन्होंने मुझ पर पूरा कब्जा नहीं कर लिया। मानवता के कितने अजीब विकास, हमारी अल्पविकसित सभ्यता पर क्या अद्भुत प्रभाव डालते हैं, मैंने सोचा था, जब मेरी आँखों के सामने दौड़ने और उतार-चढ़ाव करने वाली धुंधली मायावी दुनिया में नज़र आया तो शायद वह दिखाई न दे! मैंने अपने बारे में महान और शानदार वास्तुकला को देखा, हमारे अपने समय की किसी भी इमारत की तुलना में अधिक विशाल, और फिर भी, जैसा कि यह लग रहा था, चमकदार और धुंध से बना है। मैंने देखा कि एक अमीर हरे रंग की पहाड़ी की ओर ऊपर की ओर है, और बिना किसी मध्यांतर के प्रवेश कर रहा है। यहां तक कि मेरे भ्रम के घूंघट के माध्यम से पृथ्वी बहुत उचित लगती थी। और इसलिए मेरा मन रुकने के व्यवसाय में आ गया।

'अजीब जोखिम मेरे स्थान पर कुछ पदार्थ खोजने की संभावना में निहित है जो मैं, या मशीन, कब्जा कर लिया। जब तक मैं समय के माध्यम से एक उच्च वेग से यात्रा करता रहा, तब तक यह बहुत ही मुश्किल था; मैं ऐसा करने के लिए बोल रहा था। लेकिन एक पड़ाव पर आने के लिए खुद को झकझोरना, अणु से अणु, मेरे रास्ते में जो कुछ भी पड़ा था; मेरे परमाणुओं को इस तरह के अंतरंग संपर्क में लाने का मतलब था बाधा के साथ जो एक गहन रासायनिक प्रतिक्रिया - संभवतः एक दूरगामी विस्फोट - परिणाम होगा, और अपने आप को और मेरे तंत्र को सभी

संभव आयामों से बाहर अज्ञात में उड़ा देगा। मशीन बनाने के दौरान यह संभावना मुझे बार-बार हुई थी; लेकिन तब मैंने इसे एक अपरिहार्य जोखिम के रूप में स्वीकार कर लिया था - एक जोखिम जो एक आदमी को लेने के लिए मिला है! अब जोखिम अवश्यंभावी था, मैंने अब उसे उसी प्रफुल्लित प्रकाश में नहीं देखा। तथ्य यह है कि, असंवेदनशील, सब कुछ की पूर्ण विचित्रता, मशीन के खराब होने और झूलने, लंबे समय तक गिरने, लंबे समय तक गिरने की भावना, ने मेरी तंत्रिका को बिल्कुल परेशान कर दिया था। मैंने अपने आप से कहा कि मैं कभी नहीं रुक सकता, और पेटू के जोर के साथ मैंने आगे बढ़ने से रोकने का संकल्प लिया। एक अधीर मूर्ख की तरह, मैं लीवर के ऊपर लेट गया, और असंयमित रूप से यह बात पलट गई, और मैं हवा के माध्यम से सिर के बल गिरा।

'मेरे कानों में गड़गड़ाहट की थाप की आवाज आ रही थी। मैं एक पल के लिए स्तब्ध रह गया। एक दयनीय ओलावृष्टि मुझे गोल कर रही थी, और मैं ओवरसेट मशीन के सामने नरम टर्फ पर बैठा था। सब कुछ अभी भी ग्रे लग रहा था, लेकिन वर्तमान में मैंने टिप्पणी की कि मेरे कानों में भ्रम हो गया था। मैंने मुझे देखा। मैं एक बगीचे में एक छोटे से लॉन में लग रहा था, जो रोडोडेंड्रोन झाड़ियों से घिरा हुआ था, और मैंने देखा कि ओलों-पत्थरों की मार के तहत उनके मावे और बैंगनी फूल बौछार में गिर रहे थे। रिबाउंडिंग, डांसिंग ओला मशीन के ऊपर एक बादल में लटका दिया, और धुएं की तरह जमीन के साथ चला गया। एक पल में मैं त्वचा के लिए गीला था। "अच्छा आतिथ्य," मैंने कहा, "एक ऐसे व्यक्ति के लिए जिसने आपको देखने के लिए असंख्य वर्षों की यात्रा की है।"

'वर्तमान में मैंने सोचा था कि मैं एक मूर्ख था जो गीला हो गया था। मैं खड़ा हो गया और मुझे देखा। एक विशाल आकृति, कुछ सफेद पत्थर में स्पष्ट रूप से उकेरी गई, धुंधली मंदी के माध्यम से रोडोडेंड्रोन से परे अप्रत्यक्ष रूप से लूम। लेकिन दुनिया के अन्य सभी अदृश्य थे।

'मेरी संवेदनाओं का वर्णन करना कठिन होगा। जैसे-जैसे ओलों के स्तंभ पतले होते गए, मैंने सफेद आकृति को और अधिक स्पष्ट रूप से देखा। यह बहुत बड़ा था, क्योंकि एक चांदी के बर्च-पेड़ ने उसके कंधे को छुआ था। यह सफेद संगमरमर का था, जो पंखों वाले स्फिंक्स की तरह आकार में था, लेकिन पंखों को किनारों पर लंबवत रूप से ले जाने के बजाय, इसे फैला दिया गया था ताकि यह मंडराने लगे। कुरसी, यह मुझे दिखाई दिया, कांसे का था, और वर्डीग्रिस से मोटा था। यह माना जाता है कि चेहरा मेरी ओर था; दृष्टिहीन मुझे देखने के लिए लग रहा था; होठों पर मुस्कान की फीकी छाया थी। यह बहुत मौसम-पहना हुआ था, और इसने बीमारी का अप्रिय सुझाव दिया। मैं इसे थोड़ी जगह के लिए देख रहा था — आधा मिनट, शायद, या आधा घंटा। यह अग्रिम करने के लिए लग रहा था और घने या पतले या पतले होने से पहले ओलावृष्टि हुई। अंत में मैंने एक पल के लिए उस पर से अपनी आँखें फाड़ दीं और देखा कि ओले के पर्दे ने थ्रेडबेयर पहना था, और यह कि सूरज के वादे के साथ आकाश हल्का हो रहा था।

'मैं फिर से सफेद आकृति को देखता हूं, और मेरी यात्रा की पूरी तपिश मुझ पर अचानक आ गई। क्या दिखाई दे सकता है जब उस धुंधले पर्दे को पूरी तरह से हटा दिया गया था? पुरुषों को क्या नहीं हुआ होगा? क्या होगा अगर क्रूरता एक आम जुनून में बढ़ी थी? क्या होगा अगर इस अंतराल में दौड़ ने अपनी मर्दानगी खो दी है और कुछ अमानवीय, विषम, और अत्यधिक शक्तिशाली में विकसित हो गया है? मुझे लगता है कि कुछ पुराने दुनिया में रहने वाले जानवर हो सकते हैं, केवल हमारे सामान्य समानता के लिए और अधिक भयानक और घृणित - एक बेईमान प्राणी जो निरंतर रूप से मारे गए हैं।

पहले से ही मैंने अन्य विशाल आकृतियों को देखा - जटिल इमारतों के साथ विशाल इमारतें और ऊंचे स्तंभ, एक लकड़ी की पहाड़ी की तरफ कम तूफान के माध्यम से मुझ पर रेंगते हुए। मैं एक भय के साथ जब्त किया गया था। मैं समय मशीन के लिए बदल गया, और इसे पढ़ने के लिए कड़ी मेहनत की। जैसा कि मैंने किया सूरज की आंधी आंधी के

माध्यम से स्मोट करती है। ग्रे डाउनपोर एक तरफ बह गया और एक भूत के अनुगामी कपड़ों की तरह गायब हो गया। मेरे ऊपर, गर्मियों के आकाश के तीव्र नीले रंग में, कुछ बेहोश भूरे रंग के बादलों ने कुछ भी नहीं देखा। मेरे बारे में महान इमारतें स्पष्ट और अलग थीं, जो गरज के साथ चमकती थीं, और उनके पाठ्यक्रमों के साथ ढेर किए गए ओलावृष्टि द्वारा सफेद रंग में निकाली गईं। मुझे एक अजीब दुनिया में नग्न महसूस हुआ। मुझे लगा कि शायद एक पक्षी स्पष्ट हवा में महसूस कर सकता है, ऊपर के बाज पंखों को जानते हुए और झपटेगा। मेरा डर उन्माद में बढ़ गया। मैंने एक सांस लेने की जगह ली, अपने दांतों को सेट किया, और फिर से मशीन के साथ जमकर, कलाई और घुटने को पकड़ लिया। इसने मेरी हताश शुरुआत के तहत दिया और पलट गया। इसने मेरी ठुड्डी को हिंसक तरीके से मारा। एक हाथ काठी पर, दूसरा लीवर पर, मैं फिर से माउंट करने के लिए दृष्टिकोण में भारी पुताई खड़ा था।

'लेकिन एक शीघ्र वापसी की इस वसूली के साथ मेरा साहस पुनः प्राप्त हुआ। मैंने सुदूर भविष्य की इस दुनिया में अधिक उत्सुकता और कम भय से देखा। एक गोलाकार उद्घाटन में, नीरव घर की दीवार में ऊपर, मैंने आंकड़े के एक समूह को अमीर नरम वस्त्र पहने देखा। उन्होंने मुझे देखा था, और उनके चेहरे मेरी ओर थे।

'तब मुझे आवाजें सुनाई देने लगीं। सफेद स्फिंक्स द्वारा झाड़ियों के माध्यम से आने वाले पुरुषों के सिर और कंधे चल रहे थे। इनमें से एक छोटे से लॉन के लिए सीधे जाने वाले मार्ग में उभरा, जिस पर मैं अपनी मशीन के साथ खड़ा था। वह एक मामूली प्राणी था - शायद एक बैंगनी अंगरखा में चार फीट ऊँचा-चढ़ा हुआ, चमड़े की बेल्ट के साथ कमर पर जकड़ा हुआ। सैंडल या बसकिंस - मैं स्पष्ट रूप से अंतर नहीं कर सका - जो उसके पैरों पर थे; उसके पैर घुटनों तक नंगे थे, और उसका सिर नंगे था। यह देखते हुए, मैंने पहली बार देखा कि हवा कितनी गर्म थी।

'उसने मुझे एक बहुत ही सुंदर और सुंदर प्राणी के रूप में मारा, लेकिन अशिष्ट रूप से। उनके निस्तेज चेहरे ने मुझे और अधिक सुंदर किस्म के

उपभोग्य की याद दिला दी - वह हसीन सुंदरता जिसके बारे में हम बहुत सुना करते थे। उसे देखते ही मुझे अचानक आत्मविश्वास आ गया। मैंने अपने हाथ मशीन से लिए।

चतुर्थ

'एक और क्षण में हम आमने-सामने खड़े थे, मैंने और इस नाजुक चीज को व्यर्थता से बाहर किया। वह सीधे मेरे पास आया और मेरी आँखों में हँसी आ गई। डर के किसी भी संकेत के अपने असर से अनुपस्थिति मुझे एक बार में मारा। फिर उसने उन दो अन्य लोगों की ओर रुख किया जो उसका पीछा कर रहे थे और उनसे अजीब और बहुत प्यारी और तरल जीभ में बात कर रहे थे।

'अन्य लोग आ रहे थे, और वर्तमान में इन आठ प्राणियों में से शायद आठ या दस का एक छोटा समूह मेरे बारे में था। उनमें से एक ने मुझे संबोधित किया। यह मेरे सिर में आया, अजीब तरह से, कि मेरी आवाज उनके लिए बहुत कठोर और गहरी थी। इसलिए मैंने अपना सिर हिला दिया, और, मेरे कान की ओर इशारा करते हुए, उसे फिर से हिलाया। वह एक कदम आगे आया, हिचकिचाया, और फिर मेरे हाथ को छुआ। तब मैंने अपनी पीठ और कंधों पर अन्य नरम छोटे तम्बू महसूस किए। वे यह सुनिश्चित करना चाहते थे कि मैं वास्तविक था। इस सब में कुछ भी खतरनाक नहीं था। वास्तव में, इन सुंदर छोटे लोगों में कुछ था जो आत्मविश्वास को प्रेरित करता था - एक सुंदर सौम्यता, एक निश्चित बाल सुलभता। और इसके अलावा, वे इतने कमजोर लग रहे थे कि मैं अपने आप को नौ-पिनों के बारे में पूरे दर्जन भर फैंक सकता था। लेकिन जब मैंने उनके छोटे गुलाबी हाथों को टाइम मशीन पर महसूस किया, तो मैंने उन्हें चेतावनी देने के लिए अचानक प्रस्ताव दिया। खुशी से तब, जब बहुत देर नहीं हुई थी, मैंने सोचा कि मुझे एक खतरा है जिसे मैं भूल गया था, और मशीन की सलाखों के ऊपर पहुंचकर मैंने छोटे लीवर को हटा दिया जो इसे गति में स्थापित करेगा, और इनको मेरी जेब में डाल देगा। फिर मैं फिर से यह देखने के लिए मुड़ गया कि संचार के रास्ते में मैं क्या कर सकता हूँ।

'और फिर, उनकी विशेषताओं में और अधिक करीब से, मैंने उनके ड्रेसडेन-चाइना प्रकार की व्यापकता में कुछ और विशिष्टताओं को देखा। उनके बाल, जो समान रूप से घुंघराले थे, गर्दन और गाल पर एक तेज अंत में आए; चेहरे पर इसका बेहूदा सुझाव नहीं था, और उनके कानों में एक मिनट था। मुंह छोटे थे, चमकीले लाल, बल्कि पतले होंठ, और छोटी-छोटी चूंचियां एक बिंदु पर थीं। आँखें बड़ी और सौम्य थीं; और — यह मेरी ओर से अहंभाव प्रतीत हो सकता है — मैंने यह भी माना कि मेरे मन में उनके प्रति रुचि की कमी थी।

'जैसा कि उन्होंने मेरे साथ संवाद करने का कोई प्रयास नहीं किया, लेकिन बस मुझे मुस्कुराते हुए और एक दूसरे के लिए नरम नोट्स में बोलते हुए, मैंने बातचीत शुरू की। मैंने टाइम मशीन और खुद को इशारा किया। फिर एक पल के लिए झिझकते हुए कि समय कैसे व्यक्त किया जाए, मैंने सूरज को इशारा किया। एक बार जब बैंगनी और सफेद चेकर में एक बहुत सुंदर आंकड़ा मेरे इशारे का पालन किया, और फिर गड़गड़ाहट की आवाज़ की नकल करके मुझे चकित कर दिया।

'एक पल के लिए मैं डगमगा गया था, हालांकि उसके हावभाव का आयात पर्याप्त सादा था। सवाल अचानक मेरे दिमाग में आया: क्या ये जीव मूर्ख थे? आप शायद ही समझ पाएंगे कि यह मुझे कैसे ले गया। आप देख रहे हैं कि मैंने हमेशा अनुमान लगाया था कि वर्ष आठ सौ और दो हज़ार लोगों का ज्ञान, कला, सब कुछ हमारे सामने अविश्वसनीय रूप से होगा। तब उनमें से एक ने अचानक मुझसे एक सवाल पूछा, जिसने उसे हमारे पांच साल के बच्चों में से एक के बौद्धिक स्तर पर दिखाया-मुझसे पूछा, वास्तव में, अगर मैं एक तूफान में सूरज से आया था! इसने निर्णय को ढीला कर दिया जो मैंने उनके कपड़ों, उनके हल्के प्रकाश अंगों और नाजुक विशेषताओं पर निलंबित कर दिया था। मेरे मन में निराशा का प्रवाह उमड़ पड़ा। एक पल के लिए मुझे लगा कि मैंने समय मशीन को व्यर्थ कर दिया है।

'मैंने सिर हिलाया, सूरज को इशारा किया, और उन्हें चौंकाते हुए एक गड़गड़ाहट का ऐसा उज्ज्वल प्रतिपादन दिया। वे सभी एक गति या तो वापस ले लिया और झुक गए। फिर मेरी ओर एक हंसी आई, जो सुंदर फूलों की एक श्रृंखला को पूरी तरह से मेरे लिए नया ले गई, और इसे मेरी गर्दन के बारे में बताया। मधुर तालियों के साथ विचार प्राप्त हुआ; और वर्तमान में वे सभी फूलों के लिए चल रहे थे, और हंसते हुए मुझ पर उन पर झपट रहे थे, जब तक कि मैं लगभग बौर से सना नहीं था। आप जिन्होंने कभी ऐसा नहीं देखा, वे कल्पना कर सकते हैं कि संस्कृति के अनगिनत वर्षों में नाजुक और अद्भुत फूल क्या बनाए थे। तब किसी ने सुझाव दिया कि उनकी प्लेथिंग को नज़दीकी इमारत में प्रदर्शित किया जाना चाहिए, और इसलिए मुझे सफेद संगमरमर के स्फिंक्स का नेतृत्व किया गया था, जो मुझे अपने विस्मय के साथ मुस्कुराते हुए, पत्थर के एक विशाल ग्रे नुकीले टुकड़े की ओर देख रहा था। । जैसा कि मैं उनके साथ गया था एक गहन कब्र और बौद्धिक पदावनति के मेरे भरोसेमंद इरादों की याद, मेरे दिमाग में, अथक उत्साह के साथ आई थी।

'इमारत में एक विशाल प्रवेश था, और पूरी तरह से विशाल आयाम थे। मैं छोटे लोगों की बढ़ती भीड़ के साथ स्वाभाविक रूप से सबसे अधिक कब्जा कर लिया गया था, और बड़े खुले पोर्टलों के साथ जो मेरे सामने छायादार और रहस्यमय थे। मैं उनके सिर के ऊपर दुनिया की मेरी सामान्य धारणा सुंदर झाड़ियों और फूलों की एक उलझी हुई बर्बादी थी, एक लंबी उपेक्षित और अभी तक बेकार उद्यान। मैंने अजीब सफेद फूलों की कई लंबी स्पाइक्स देखीं, जो मोम की पंखुड़ियों के फैलाव के आर-पार एक पैर को मापती थीं। वे बिखरे हुए, जैसे कि जंगली, जंगली झाड़ियों के बीच, लेकिन, जैसा कि मैं कहता हूं, मैंने इस समय उनकी बारीकी से जांच नहीं की। टाइम मशीन को रोडोडेंड्रोन के बीच मैदान पर छोड़ दिया गया था।

'द्वार के मेहराब की नक्काशी बहुत अच्छी तरह से की गई थी, लेकिन स्वाभाविक रूप से मैंने नक्काशी का बहुत संकीर्ण रूप से निरीक्षण नहीं किया, हालांकि मैंने देखा कि मैं पुराने फोएनिशियन सजावट के सुझावों

को देखता था, जैसे कि मैं वहां से गुजरा था, और इसने मुझे मारा कि वे बहुत बुरी तरह से टूट गए थे और मौसम खराब हो गया था। । कई और अधिक चमकीले लोग मुझे द्वार से मिले, और इसलिए हमने प्रवेश किया, मैंने उन्नीसवीं सदी के कपड़े पहने, काफी आकर्षक लग रही थी, फूलों के साथ माला, और चमकीले, मुलायम रंग के वस्त्र और चमकदार सफेद रंग के एक आकर्षक द्रव्यमान से घिरा हुआ था। अंगों, हँसी और हंसी भाषण के एक मधुर चक्कर में।

'बड़ा दरवाजा एक आनुपातिक महान हॉल में भूरा के साथ लटका दिया गया। छत छाया में थी, और खिड़कियां, आंशिक रूप से रंगीन कांच के साथ चमकती हुई और आंशिक रूप से , एक टेम्पर्ड प्रकाश को स्वीकार किया। फर्श कुछ बहुत ही कठोर सफेद धातु के बड़े ब्लॉक से बना था, न कि प्लेट और न ही स्लैब-ब्लॉक, और यह बहुत पहना जाता था, जैसा कि मैंने पिछली पीढ़ियों के जाने और पाले जाने से आंका था, जैसा कि गहराई से और अधिक लगातार तरीके। लंबाई में अनुप्रस्थ पॉलिश पत्थर के स्लैब से बने असंख्य टेबल थे, फर्श से शायद एक फुट ऊपर उठाए गए थे, और इन पर फलों के ढेर लगे थे। कुछ लोगों ने मुझे एक तरह के हाइपरट्रॉफ़ेड रास्पबेरी और नारंगी के रूप में पहचाना, लेकिन अधिकांश भाग के लिए वे अजीब थे।

'मेज के बीच कुशन की एक बड़ी संख्या बिखरे हुए थे। इन पर मेरे कंडक्टरों ने खुद को बैठा लिया, मेरे लिए साइन अप करने के लिए इसी तरह। समारोह की एक अनुपस्थिति के साथ, वे अपने हाथों से फल खाना शुरू कर दिया, छीलने और डंठल, और आगे, तालिकाओं के किनारों में गोल उद्घाटन में। मैं उनके उदाहरण का पालन करने के लिए तैयार नहीं था, क्योंकि मुझे प्यास और भूख लगी थी। जैसा कि मैंने किया था मैंने अपने अवकाश पर हॉल का सर्वेक्षण किया।

'और शायद जिस चीज ने मुझे सबसे ज्यादा प्रभावित किया, वह थी इसका जीर्ण-शीर्ण रूप। सना हुआ ग्लास खिड़कियां, जो केवल एक ज्यामितीय पैटर्न प्रदर्शित करती थीं, कई स्थानों पर टूट गईं, और निचले

छोर पर लटकाए गए पर्दे धूल से घने थे। और इसने मेरी आंख को पकड़ लिया कि मेरे पास की संगमरमर की मेज का कोना टूट गया था। फिर भी, सामान्य प्रभाव अत्यंत समृद्ध और सुरम्य था। वहाँ, शायद, हॉल में भोजन करने वाले सौ लोगों में से एक, और उनमें से ज्यादातर, मेरे पास आकर बैठे थे जैसे वे आ सकते हैं, मुझे दिलचस्पी से देख रहे थे, उनकी छोटी-छोटी आँखें फल खा रही थीं। सभी एक ही नरम और अभी तक मजबूत, रेशमी सामग्री में लिपटे हुए थे।

'फल, द्वारा, उनके सभी आहार थे। सुदूर भविष्य के ये लोग सख्त शाकाहारी थे, और जब मैं उनके साथ था, कुछ कारवां के बावजूद, मुझे भी निराश होना पड़ा। वास्तव में, मैंने बाद में पाया कि घोड़ों, मवेशियों, भेड़ों, कुत्तों, ने विलुप्त होने में इचिथोसॉरस का पालन किया था। लेकिन फल बहुत ही रमणीय थे; एक, विशेष रूप से, जो कि मौसम में हर समय मुझे लगता था कि तीन-तरफा भूसी में एक फालतू चीज है- विशेष रूप से अच्छा था, और मैंने इसे अपना प्रधान बनाया। पहले तो मैं इन सभी अजीब फलों से हैरान था, और अजीब फूलों से मैंने देखा, लेकिन बाद में मुझे उनके आयात का अनुभव होने लगा।

'हालांकि, मैं आपको अब दूर के भविष्य में मेरे फल खाने के बारे में बता रहा हूं। इसलिए जैसे ही मेरी भूख थोड़ी जाँची गई, मैंने अपने इन नए लोगों के भाषण को सीखने के लिए एक दृढ़ प्रयास करने की ठानी। स्पष्ट रूप से यह अगली बात थी। फल शुरू करने के लिए एक सुविधाजनक चीज लग रहा था, और इनमें से एक को पकड़कर मैंने पूछताछ की आवाज़ और इशारों की एक श्रृंखला शुरू की। मुझे अपना अर्थ बताने में थोड़ी कठिनाई हुई। पहले तो मेरे प्रयास आश्चर्य या अनुभवहीन हँसी की एक कड़ी के साथ मिले, लेकिन वर्तमान में एक निष्पक्ष बालों वाला छोटा प्राणी मेरे इरादे को समझ गया और एक नाम दोहराया। उन्हें एक-दूसरे के साथ व्यापार करना था और बड़ी लंबाई में समझाना था, और मेरी पहली कोशिश थी कि उनकी भाषा की अति सुंदर ध्वनियों के कारण बहुत अधिक मात्रा में मनोरंजन हुआ। हालांकि, मुझे बच्चों के बीच एक स्कूल मास्टर की तरह महसूस हुआ, और लगातार बना रहा, और

वर्तमान में मेरे पास कम से कम मेरी कमान के लिए संज्ञा की शक्ति का स्कोर था; और फिर मुझे प्रदर्शनकारी सर्वनाम मिला, और यहां तक कि क्रिया "खाने के लिए"। लेकिन यह धीमी गति से काम था, और छोटे लोग जल्द ही थक गए थे और मेरे पूछताछ से दूर होना चाहते थे, इसलिए मैंने निर्धारित किया, आवश्यकता के बजाय, उन्हें कम मात्रा में अपने सबक देने की अनुमति दी जब वे महसूस किया। और बहुत कम खुराक मैंने पाया कि वे लंबे समय से पहले थे, क्योंकि मैं कभी भी लोगों से अधिक अकर्मण्य या अधिक आसानी से थका हुआ नहीं मिला।

'एक छोटी सी बात मैं जल्द ही अपने छोटे मेजबानों के बारे में पता चला, और यह उनकी रुचि की कमी थी। वे बच्चों की तरह विस्मय के रोते हुए मेरे पास आए, लेकिन बच्चों की तरह वे जल्द ही मेरी परीक्षा लेना बंद कर देंगे और किसी दूसरे खिलौने के पीछे भटकना शुरू कर देंगे। रात का खाना और मेरी बातचीत शुरू हो गई, मैंने पहली बार नोट किया कि लगभग सभी लोग जिन्होंने मुझे पहले घेर लिया था, वे चले गए थे। यह भी अजीब है, मैं इन छोटे लोगों की अवहेलना करने के लिए कितनी तेजी से आया हूं। मैं पोर्टल के माध्यम से धूप की दुनिया में फिर से चला गया जैसे ही मेरी भूख संतुष्ट हुई। मैं भविष्य के इन आदमियों से लगातार मिल रहा था, जो मेरे बारे में थोड़ी दूरी बना लेते थे, बकवास करते थे और मेरे बारे में हँसते थे, और एक दोस्ताना तरीके से मुस्कुराते और खुशामद करते हुए मुझे फिर से अपने उपकरणों पर छोड़ देते थे।

शाम का शांत होना दुनिया पर था क्योंकि मैं महान हॉल से निकला था, और दृश्य सूरज की गर्म चमक से जलाया गया था। पहले तो चीजें बहुत उलझी हुई थीं। सब कुछ दुनिया से बहुत अलग था मुझे पता था - यहां तक कि फूल भी। मेरे द्वारा छोड़ी गई बड़ी इमारत एक विस्तृत नदी घाटी के ढलान पर स्थित थी, लेकिन टेम्स अपनी वर्तमान स्थिति से शायद एक मील की दूरी पर स्थानांतरित हो गई थी। मैंने शिखा के शिखर पर चढ़ने का संकल्प किया, शायद एक मील और आधा दूर, जहाँ से मुझे इस ग्रह के बारे में आठ सौ और दो हज़ार सात सौ में एक व्यापक दृश्य मिल सके

और उसके लिए एक विज्ञापन, मुझे समझाना चाहिए , तारीख मेरी मशीन के छोटे डायल दर्ज की गई थी।

'जैसा कि मैं चला गया मैं हर उस धारणा को देख रहा था जो संभवतः उस खंडहर वैभव की स्थिति को समझाने में मदद कर सकती थी जिसमें मैंने दुनिया को पाया-बर्बाद करने के लिए। उदाहरण के लिए, पहाड़ी का एक छोटा सा रास्ता, ग्रेनाइट का एक बड़ा ढेर था, जो एल्यूमीनियम के द्रव्यमान से एक साथ बंधता था, जो जटिल दीवारों और विशाल ढेर के बीच एक विशाल भूलभुलैया था, जिसके बीच बहुत ही सुंदर शिवालय जैसे पौधों के मोटे ढेर थे - जाल संभवतः- लेकिन आश्चर्यजनक रूप से पत्तियों के बारे में भूरे रंग के साथ रंगा हुआ, और चुभने में असमर्थ। यह स्पष्ट रूप से कुछ विशाल संरचना का अपमानजनक अवशेष था, जिसे अंत में मैं निर्धारित नहीं कर सकता था। यह यहाँ था कि मैं बाद की तारीख में, एक बहुत ही अजीब अनुभव के लिए किस्मत में था - अभी भी एक अजनबी खोज का पहला अंतरंग - लेकिन मैं इसके उचित स्थान पर बात करूंगा।

'अचानक विचार के साथ गोल, जिस छत से मैंने कुछ देर आराम किया, मुझे एहसास हुआ कि वहाँ कोई छोटे घर नहीं थे। जाहिरा तौर पर एकल घर, और संभवतः घर भी गायब हो गया था। यहाँ और वहाँ हरियाली के बीच महल जैसी इमारतें थीं, लेकिन घर और कुटीर, जो हमारे अपने अंग्रेजी परिदृश्य की ऐसी विशिष्ट विशेषताएं बनाते हैं, गायब हो गए थे।

"" साम्यवाद, "मैंने खुद से कहा।

'और उस की एड़ी पर एक और विचार आया। मैंने उन आधा दर्जन छोटे आंकड़ों को देखा जो मेरा अनुसरण कर रहे थे। फिर, एक फ्लैश में, मैंने माना कि सभी में पोशाक का एक ही रूप था, एक ही नरम बाल रहित दृश्य, और अंग की समान कोमलता। यह अजीब लग सकता है, शायद, कि मैंने पहले इस पर ध्यान नहीं दिया था। लेकिन सब कुछ बहुत अजीब था। अब, मैंने इस तथ्य को स्पष्ट रूप से देखा। वेशभूषा में, और बनावट और असर के सभी अंतरों में जो अब एक दूसरे से लिंग को चिह्नित करते

हैं, भविष्य के ये लोग एक जैसे थे। और बच्चे मेरी आँखों के लिए लग रहे थे, लेकिन उनके माता-पिता के लघुचित्र। तब मैंने निर्णय लिया कि उस समय के बच्चे शारीरिक रूप से कम से कम, और मेरी राय के प्रचुर सत्यापन के बाद पाए गए थे।

'जिस सहजता और सुरक्षा के साथ ये लोग रह रहे थे, उसे देखकर मुझे लगा कि यौनांगों का यह घनिष्ठ संबंध आखिरकार क्या होगा; एक पुरुष की ताकत और एक महिला की कोमलता के लिए, परिवार की संस्था, और व्यवसायों की भिन्नता शारीरिक बल के युग की मात्र आवश्यकताएं हैं; जहाँ जनसंख्या संतुलित और प्रचुर मात्रा में है, राज्य के लिए आशीर्वाद के बजाए बहुत अधिक प्रसव एक बुराई बन जाता है; जहां हिंसा होती है, लेकिन शायद ही कभी और ऑफ-स्प्रिंग सुरक्षित होते हैं, वहाँ कम आवश्यकता होती है - वास्तव में एक कुशल परिवार के लिए कोई आवश्यकता नहीं है - और उनके बच्चों की जरूरतों के संदर्भ में लिंगों की विशेषज्ञता गायब हो जाती है। हम अपने समय में भी इसकी कुछ शुरुआत देखते हैं, और इस भविष्य के युग में यह पूरा हुआ। यह, मुझे आपको याद दिलाना चाहिए, उस समय मेरी अटकलें थीं। बाद में, मुझे इसकी सराहना करनी थी कि यह वास्तविकता से कितनी दूर गिर गया।

'जब मैं इन चीजों पर ध्यान दे रहा था, मेरा ध्यान एक छोटी सी संरचना की ओर आकर्षित हुआ, जैसे कि एक कपोला के नीचे। मुझे लगता है कि कुओं की विषमता अभी भी विद्यमान है, और फिर मेरी अटकलों के सूत्र को फिर से शुरू किया। पहाड़ी की चोटी की ओर कोई बड़ी इमारतें नहीं थीं, और जैसा कि मेरी चलने की शक्तियां स्पष्ट रूप से चमत्कारी थीं, मुझे पहली बार अकेले छोड़ दिया गया था। स्वतंत्रता और रोमांच की एक अजीब भावना के साथ मैंने शिखा को धक्का दिया।

'वहाँ मुझे कुछ पीली धातु की एक सीट मिली जिसे मैंने पहचाना नहीं था, एक तरह के गुलाबी रंग के जंग वाले स्थानों में और आधा नरम नरम काई से सना हुआ था, हाथ-पंजे डाले और ग्रिफिन के सिर के सादृश्य में दाखिल हुए। मैं उस पर बैठ गया, और मैंने उस दिन के सूर्यास्त के तहत

हमारी पुरानी दुनिया के व्यापक दृश्य का सर्वेक्षण किया। यह उतना ही मीठा और उचित था जितना मैंने कभी देखा है। सूरज पहले से ही क्षितिज के नीचे चला गया था और पश्चिम सोने की लपटों में था, बैंगनी और क्रिमसन के कुछ क्षैतिज सलाखों के साथ स्पर्श किया गया था। नीचे टेम्स की घाटी थी, जिसमें नदी जले हुए स्टील के एक बैंड की तरह थी। मैं पहले से ही महान हरियाली के बीच बिताए गए महान महलों की बात कर चुका हूं, कुछ खंडहरों में और कुछ अभी भी कब्जे में हैं। यहाँ और वहाँ पृथ्वी के अपशिष्ट उद्यान में एक सफेद या चांदी की आकृति उठी, यहाँ और वहाँ कुछ कपोला या ओबिलिस्क की तेज ऊर्ध्वाधर रेखा आ गई। कोई हेज नहीं थे, मालिकाना हक के कोई संकेत नहीं थे, कृषि के कोई सबूत नहीं थे; पूरी पृथ्वी एक बगीचा बन गई थी।

'इसलिए देखते हुए, मैंने अपनी व्याख्या को उन चीजों पर रखना शुरू कर दिया, जो मैंने देखी थीं, और जैसा कि उस शाम मेरे लिए खुद को आकार दिया, मेरी व्याख्या इस तरह से थी। (बाद में मैंने पाया कि मुझे केवल आधा-सत्य मिला था - या केवल सत्य के एक पहलू की झलक मिली थी।)

'यह मुझे लग रहा था कि मैं मानवता पर व्यर्थ हुआ था। सुर्ख सूर्यास्त ने मुझे मानव जाति के सूर्यास्त के बारे में सोचा। पहली बार मैंने सामाजिक प्रयास के एक अजीब परिणाम का एहसास करना शुरू किया, जिसमें हम वर्तमान में लगे हुए हैं। और अभी तक, यह सोचने के लिए आओ, यह पर्याप्त तार्किक परिणाम है। ताकत जरूरत का परिणाम है; सुरक्षा शुल्क सीमा पर एक प्रीमियम निर्धारित करती है। जीवन की परिस्थितियों को संशोधित करने का काम - सच्ची सभ्यता प्रक्रिया जो जीवन को अधिक से अधिक सुरक्षित बनाती है - एक चरमोत्कर्ष पर लगातार चली गई थी। प्रकृति पर संयुक्त मानवता की एक जीत ने दूसरे का अनुसरण किया था। अब जो चीजें महज सपने बनकर रह गई हैं, वे प्रोजेक्ट जानबूझकर हाथ में लिए और आगे बढ़ाई गईं। और फसल जो मैंने देखी थी!

'आखिरकार, स्वच्छता और कृषि के दिन अभी भी अल्पविकसित अवस्था में हैं। हमारे समय के विज्ञान ने मानव रोग के एक छोटे से विभाग पर हमला किया है, लेकिन फिर भी, यह बहुत तेजी से और दृढ़ता से अपने कार्यों को फैलाता है। हमारे कृषि और बागवानी यहाँ और वहाँ एक खरपतवार को नष्ट करते हैं और संभवतः एक अंक या पौष्टिक पौधों की खेती करते हैं, जिससे अधिक से अधिक संख्या में संतुलन बनाने के लिए छोड़ देते हैं। हम अपने पसंदीदा पौधों और जानवरों में सुधार करते हैं - और वे कितने कम हैं - धीरे-धीरे चयनात्मक प्रजनन द्वारा; अब एक नया और बेहतर आड़ू, अब एक बीज रहित अंगूर, अब एक मीठा और बड़ा फूल, जो अब मवेशियों की एक अधिक सुविधाजनक नस्ल है। हम उन्हें धीरे-धीरे सुधारते हैं, क्योंकि हमारे आदर्श अस्पष्ट और अस्थायी हैं, और हमारा ज्ञान बहुत सीमित है; क्योंकि प्रकृति भी, हमारे अनाड़ी हाथों में शर्मीली और धीमी है। किसी दिन यह सब बेहतर ढंग से आयोजित किया जाएगा, और अभी भी बेहतर होगा। वह एडियों के बावजूद करंट का बहाव है। पूरी दुनिया बुद्धिमान, शिक्षित और सहयोग करेगी; चीजें प्रकृति की अधीनता की ओर तेजी से बढ़ेंगी। अंत में, समझदारी और सावधानी से हम अपनी मानवीय आवश्यकताओं के अनुरूप पशु और वनस्पति जीवन के संतुलन को फिर से तैयार करेंगे।

'यह समायोजन, मैं कहता हूँ, किया गया है, और अच्छी तरह से किया जाना चाहिए; वास्तव में सभी समय के लिए किया गया था, उस समय के स्थान पर, जिसमें मेरी मशीन ने छलांग लगाई थी। हवा मसूड़ों से मुक्त थी, मातम या कवक से पृथ्वी; हर जगह फल और मीठे और रमणीय फूल थे; शानदार तितलियों ने यहां-वहां उड़ान भरी। निवारक दवा का आदर्श प्राप्त किया गया था। बीमारियों पर मुहर लगा दी गई। मैंने अपने प्रवास के दौरान किसी भी संक्रामक रोगों का कोई सबूत नहीं देखा। और मुझे आपको बाद में बताना होगा कि इन परिवर्तनों से भी पुष्टिकरण और क्षय की प्रक्रियाएं गहराई से प्रभावित हुई थीं।

'सामाजिक विजय' भी प्रभावित हुई थी। मैंने देखा कि मानव जाति शानदार आश्रयों में बँधी हुई है, शानदार कपड़े पहने हुए हैं, और अभी

तक मैंने उन्हें बिना शौचालय में लगे पाया। संघर्ष के कोई संकेत नहीं थे, न ही सामाजिक और न ही आर्थिक संघर्ष। दुकान, विज्ञापन, यातायात, यह सब वाणिज्य जो हमारी दुनिया के शरीर का गठन करता है, चला गया था। उस सुनहरी शाम को स्वाभाविक था कि मैं एक सामाजिक स्वर्ग के विचार पर कूद जाऊं। बढ़ती हुई जनसंख्या की कठिनाई को पूरा किया गया था, मैंने अनुमान लगाया, और जनसंख्या बढ़ना बंद हो गई थी।

'लेकिन इस स्थिति में बदलाव के साथ परिवर्तन के लिए अनिवार्य रूप से अनुकूलन आता है। क्या है, जब तक कि जैविक विज्ञान त्रुटियों का एक समूह नहीं है, क्या मानव बुद्धि और शक्ति का कारण है? कठिनाई और स्वतंत्रता: ऐसी स्थितियां जिनके तहत सक्रिय, मजबूत और सूक्ष्म जीवित रहते हैं और कमजोर दीवार पर जाते हैं; ऐसी परिस्थितियाँ जो आत्म-संयम, धैर्य और निर्णय पर सक्षम पुरुषों के वफादार गठबंधन पर एक प्रीमियम लगाती हैं। और परिवार की संस्था, और उसमें उत्पन्न होने वाली भावनाएं, भयंकर ईर्ष्या, संतान के लिए कोमलता, माता-पिता की आत्म-भक्ति, सभी ने युवा के आसन्न खतरों में अपना औचित्य और समर्थन पाया। अब , ये आसन्न खतरे कहाँ हैं? एक भावना पैदा होती है, और यह बढ़ेगी, रूढ़िवादी ईर्ष्या के खिलाफ, भयंकर मातृत्व के खिलाफ, सभी प्रकार के जुनून के खिलाफ; अब अनावश्यक चीजें, और ऐसी चीजें जो हमें असहज, बर्बर जीवित करती हैं, परिष्कृत और सुखद जीवन में कलह करती हैं।

'मैंने लोगों की शारीरिक थोड़ी-सी असावधानी, उनकी बुद्धिमत्ता की कमी और उन बड़े प्रचुर खंडहरों के बारे में सोचा, और इसने प्रकृति की परिपूर्ण विजय में मेरा विश्वास मजबूत किया। लड़ाई के बाद शांत हो जाता है। मानवता मजबूत, ऊर्जावान, और बुद्धिमान थी, और अपनी सभी प्रचुर मात्रा में जीवन शक्ति का उपयोग उन परिस्थितियों को बदलने के लिए किया था जिनके तहत वह रहती थी। और अब परिवर्तित स्थितियों की प्रतिक्रिया आई।

'सही आराम और सुरक्षा की नई शर्तों के तहत, उस बेचैन ऊर्जा, कि हमारे साथ ताकत है, कमजोरी बन जाएगी। यहां तक कि हमारे अपने समय में कुछ प्रवृत्ति और इच्छाएं, एक बार जीवित रहने के लिए आवश्यक हैं, विफलता का एक निरंतर स्रोत हैं। उदाहरण के लिए, शारीरिक साहस और लड़ाई का प्यार, कोई बड़ी मदद नहीं है - एक सभ्य आदमी के लिए भी बाधा हो सकती है। और भौतिक संतुलन और सुरक्षा, शक्ति, बौद्धिकता के साथ-साथ शारीरिक स्थिति में भी जगह से बाहर हो जाएगा। अनगिनत वर्षों तक मैंने जज किया कि युद्ध या एकान्त हिंसा का कोई खतरा नहीं था, जंगली जानवरों से कोई खतरा नहीं था, संविधान की ताकत के लिए कोई बर्बाद करने वाली बीमारी नहीं थी, न ही शौचालय की जरूरत थी। ऐसे जीवन के लिए, जिसे हमें कमजोर कहना चाहिए, उतना ही मजबूत होना चाहिए, वास्तव में कमजोर नहीं है। बेहतर सुसज्जित वास्तव में वे हैं, मजबूत के लिए एक ऊर्जा से प्रभावित होगा जिसके लिए कोई आउटलेट नहीं था। इसमें कोई संदेह नहीं है कि जिन इमारतों को मैंने देखा, उनकी सुंदरता का अंतिम परिणाम मानव जाति की अब की अंतिम सर्जरी का नतीजा था, इससे पहले कि यह जिस स्थिति में रहता था, उस पूर्ण सामंजस्य में बदल गया - उस विजय की उत्कर्ष जिसने अंतिम महान शांति शुरू की । यह कभी सुरक्षा में ऊर्जा का भाग्य रहा है; यह कला और कामुकता की ओर ले जाता है, और फिर आने और सड़ने लगता है।

'यहां तक कि यह कलात्मक प्रोत्साहन आखिरी बार मर जाएगा - मैंने जिस समय देखा था लगभग मर चुका था। फूलों के साथ खुद को सजाना, नृत्य करना, सूरज की रोशनी में गाना: बहुत कुछ कलात्मक भावना के साथ छोड़ दिया गया था, और अब नहीं। यहां तक कि अंत में एक संतुष्ट निष्क्रियता में फीका होगा। हम दर्द और आवश्यकता के पीसने के लिए उत्सुक रहते हैं, और, यह मुझे लग रहा था, कि यहाँ घृणित पीसस्टोन टूटा हुआ था!

'जब मैं वहाँ सभा में खड़ा था तो मुझे लगा कि इस सरल व्याख्या में मुझे दुनिया की समस्या से निपटने में महारत हासिल है - इन स्वादिष्ट लोगों के

पूरे रहस्य को जानने में महारत हासिल है। संभवतः जनसंख्या की वृद्धि के लिए उन्होंने जो चेक तैयार किए थे, वे बहुत अच्छी तरह से सफल हुए थे, और उनकी संख्या स्थिर रहने के बजाय कम हो गई थी। जो परित्यक्त खंडहर का हिसाब रखेगा। बहुत सरल मेरी व्याख्या थी, और पर्याप्त रूप से प्रशंसनीय थी - जैसा कि सबसे गलत सिद्धांत हैं!

'जब मैं वहाँ खड़ा था, तो आदमी की यह पूरी तरह सही विजय पर, पूर्णिमा, पीला और गिबस, उत्तर-पूर्व में चांदी के प्रकाश के एक अतिप्रवाह से निकला। नीचे की ओर बढ़ने के लिए उज्ज्वल छोटे आंकड़े बंद हो गए, एक नीरव उल्लू उड़ गया, और मैं रात की सर्द से कांप गया। मैंने नीचे उतरने की ठान ली और पाया कि मैं कहाँ सो सकता हूँ।

'मैं जानता था कि इमारत के लिए देखा। तब मेरी आंख ने कांसे की चौकी पर सफेद स्फिंक्स की आकृति के साथ यात्रा की, जो बढ़ते चंद्रमा की रोशनी के रूप में तेज हो रही थी। मैं इसके खिलाफ चांदी की सन्टी देख सकता था। वहाँ रोडोडेंड्रोन झाड़ियों की उलझन थी, हल्के प्रकाश में काली, और थोड़ा लॉन था। मैंने फिर से लॉन को देखा। एक कतार संदेह ने मेरी शालीनता को ठंडा कर दिया। "नहीं," मैंने खुद से सख्ती से कहा, "यह लॉन नहीं था।"

'लेकिन यह लॉन था । स्फिंक्स के सफेद फीके चेहरे के लिए था। क्या आप कल्पना कर सकते हैं कि मुझे क्या लगा कि यह विश्वास मेरे घर आया था? लेकिन तुम नहीं कर सकते। समय मशीन चला गया था!

'एक बार में, चेहरे पर एक चाबुक की तरह, इस अजीब नई दुनिया में असहाय छोड़ दिया जा रहा है, अपनी खुद की उम्र खोने की संभावना है। यह नंगे विचार एक वास्तविक शारीरिक अनुभूति थी। मैं महसूस कर सकता था कि यह मुझे गले से पकड़ लेगा और मेरी सांस रोक देगा। एक और क्षण में मैं भय के आवेश में था और बड़ी छलांग के साथ भागते हुए ढलान के नीचे चला गया। एक बार मैं सिर के बल गिर गया और अपना चेहरा काट दिया; मैं खून की कमी को दूर करने में कोई समय नहीं

गंवाता, लेकिन कूदता और दौड़ता, मेरे गाल और ठुड्डी पर एक गर्म करवट के साथ। जब भी मैं भागा, मैं खुद से कह रहा था: "उन्होंने इसे थोड़ा स्थानांतरित कर दिया, इसे झाड़ियों के नीचे धकेल दिया।" फिर भी, मैं अपनी सारी शक्ति के साथ दौड़ा। हर समय, निश्चितता के साथ कि कभी-कभी अत्यधिक भय के साथ आता है, मुझे पता था कि इस तरह का आश्वासन मूर्खतापूर्ण था, सहज रूप से पता था कि मशीन मेरी पहुंच से बाहर हो गई थी। मेरी सांस दर्द के साथ आई। मुझे लगता है कि मैं पहाड़ी शिखा से पूरी दूरी को कवर किया, छोटे लॉन, दो मील शायद दस मिनट में। और मैं जवान नहीं हूं। मैं जोर से शाप दिया, जैसा कि मैं भागा, मशीन छोड़ने में मेरे विश्वास में मूर्खतापूर्ण, जिससे अच्छी सांस बर्बाद हो गई। मैं जोर से रोया, और कोई भी जवाब नहीं दिया। ऐसा नहीं लग रहा था कि कोई प्राणी उस चांदनी दुनिया में हलचल कर रहा है।

'जब मैं लॉन पहुँचा तो मेरे सबसे बुरे डर का एहसास हुआ। बात का पता लगाने के लिए नहीं देखा गया था। जब मैं झाड़ियों की काली उलझन के बीच खाली जगह का सामना कर रहा था, तो मैं बेहोश और ठंडा महसूस कर रहा था। मैं इसे पूरी गंभीरता से लेकर भागा, जैसे कि बात किसी कोने में छिपी हो, और फिर अचानक रुक गया, मेरे हाथों ने मेरे बालों को पकड़ लिया। ऊपर मैंने चन्द्रमा को ढाला, उगते चाँद की रोशनी में, कांसे की कुरसी पर, सफेद, चमकता हुआ, लेपर्ड। यह मेरे निराशा के मजाक में मुस्कुराने लगा।

'शायद मैंने खुद को सांत्वना दी होगी कि छोटे लोगों ने मेरे लिए तंत्र को कुछ आश्रय में रखा था, क्या मुझे उनकी शारीरिक और बौद्धिक अपर्याप्तता का आश्वासन नहीं लगा था। यह मुझे निराश करता है: कुछ हिथयार रहित बिजली की भावना, जिसके हस्तक्षेप से मेरा आविष्कार गायब हो गया था। फिर भी, एक बात के लिए मुझे आश्वासन मिला है: जब तक कि कुछ अन्य लोगों ने इसकी सटीक डुप्लिकेट का उत्पादन नहीं किया था, मशीन समय पर स्थानांतरित नहीं हो सकती थी। लीवरों का लगाव- मैं आपको बाद में विधि दिखाऊंगा - किसी को भी इस तरह से छेड़छाड़ करने से रोका जाएगा जब उन्हें हटा दिया गया था। यह चला

गया था, और छिपा हुआ था, केवल अंतरिक्ष में। लेकिन फिर, यह कहाँ हो सकता है?

'मुझे लगता है कि मुझे एक तरह का उन्माद होना चाहिए था। मुझे याद है कि चांदनी झाड़ियों में स्फिंक्स के चारों ओर हिंसक रूप से दौड़ते हुए, और कुछ सफेद जानवर को चौंकाते हुए, जो कि मंद प्रकाश में, मैं एक छोटे हिरण के लिए ले गया था। मुझे याद है, उस रात को भी, मेरी गुदगुदी मुट्ठी के साथ झाड़ियों को तब तक पीटता रहा जब तक कि मेरे पोर नहीं टूटे और टूटी हुई टहनियों से खून बहने लगा। तब, मेरे दिमाग में पीड़ा और छटपटाहट, मैं पत्थर की महान इमारत में जा गिरा। बड़ा हॉल अंधेरा, खामोश और सुनसान था। मैं असमान फर्श पर फिसल गया, और एक मैलाकाइट टेबल पर गिर गया, लगभग मेरी पिंडली को तोड़ दिया। मैंने एक माचिस जलाई और धूल भरे पर्दे पर चला गया, जिनमें से मैंने आपको बताया है।

'वहाँ मुझे एक दूसरा शानदार हॉल मिला जिसे कुशन से ढँका हुआ था, जिस पर, शायद, बहुत कम लोग सो रहे थे। मुझे कोई संदेह नहीं है कि उन्होंने मेरी दूसरी उपस्थिति को काफी अजीब पाया, चुपचाप अंधेरे से बाहर आकर शोर और एक मैच की चमक और चमक के साथ। क्योंकि वे मैचों के बारे में भूल गए थे। "मेरी टाइम मशीन कहाँ है?" मैं शुरू हुआ, गुस्से में बच्चे की तरह उछल-कूद करना, उन पर हाथ रखना और उन्हें एक साथ हिलाना। यह उनके लिए बहुत ही कठिन रहा होगा। कुछ हँसे, उनमें से ज्यादातर बुरी तरह से भयभीत दिखे। जब मैंने उन्हें मुझे गोल करते हुए देखा, तो मेरे दिमाग में यह बात आई कि मैं मूर्खतापूर्ण काम कर रहा हूं क्योंकि परिस्थितियों के तहत ऐसा करना मेरे लिए संभव था, डर की अनुभूति को पुनर्जीवित करने की कोशिश में। के लिए, उनके दिन के उजाले के व्यवहार से, मुझे लगा कि डर को भूलना चाहिए।

'अचानक, मैंने मैच को धराशायी कर दिया, और, मेरे पाठ्यक्रम में से एक पर दस्तक दे रहा था, चांदनी के नीचे फिर से बड़े डाइनिंग-हॉल में विस्फोट हो गया। मैंने सुना है कि आतंक के रोने और उनके छोटे पैर इस

तरह से दौड़ते और ठोकर खाते हैं। मुझे याद नहीं है कि मैंने ऐसा किया था जैसे कि चंद्रमा आकाश में दिखाई देता है। मुझे लगता है कि यह मेरे नुकसान की अप्रत्याशित प्रकृति थी जिसने मुझे पागल कर दिया था। मुझे लगा कि मैं अपनी ही तरह का एक अनजान जानवर हूँ, जो अनजान दुनिया में एक अजीब जानवर है। मैं भगवान और भाग्य पर चिल्ला रहा हूं और रो रहा हूं, चिल्ला रहा हूं। मुझे भयानक थकान की याद है, क्योंकि निराशा की लंबी रात दूर चली गई थी; इस असंभव जगह की तलाश में और वह; चांदनी खंडहरों के बीच और काले छाया में अजीब जीवों को छूने से; अंत में, स्फिंक्स के पास जमीन पर झूठ बोलना और निरपेक्ष मन से रोना। मेरे पास दुख के अलावा कुछ नहीं बचा था। फिर मैं सो गया, और जब मैं फिर से उठा तो पूरा दिन हो गया था, और एक जोड़ी गौरैया मेरी बाँह के पास मेरी टर्फ पर गोल गोल घूम रही थी।

'मैं सुबह की ताजगी में बैठ गया, यह याद करने की कोशिश कर रहा था कि मैं वहाँ कैसे पहुँच गया, और मुझे इस तरह की सूझबूझ और निराशा क्यों हुई। तब मेरे दिमाग में चीजें साफ आईं। सादे, उचित दिन के उजाले के साथ, मैं अपनी परिस्थितियों को निष्पक्ष रूप से देख सकता था। मैंने रात भर अपने उन्माद की जंगली मूर्खता देखी, और मैं अपने साथ तर्क कर सका। "सबसे बुरा मान लो?" मैंने कहा। "मान लीजिए कि मशीन पूरी तरह से खो गई है - शायद नष्ट हो गई है; यह मुझे शांत और धैर्य रखने के लिए, लोगों के तरीके सीखने के लिए, मेरे नुकसान की विधि का स्पष्ट विचार प्राप्त करने के लिए, और सामग्री और उपकरण प्राप्त करने का साधन देता है; ताकि; अंत में, शायद, मैं दूसरा बना सकता हूं। " यह मेरी एकमात्र आशा होगी, शायद, लेकिन निराशा से बेहतर। और, आखिरकार, यह एक सुंदर और जिज्ञासु दुनिया थी।

'लेकिन शायद, मशीन केवल ले जाया गया था। फिर भी, मुझे शांत और धैर्यवान होना चाहिए, अपने छिपने के स्थान को खोजना चाहिए, और बल या चालाक द्वारा इसे पुनर्प्राप्त करना चाहिए। और इसके साथ ही मैंने अपने पैरों को भींच लिया और मेरे बारे में देखा, सोच रहा था कि मैं कहाँ स्नान कर सकता हूं। मैं थका हुआ, कठोर और यात्रा-गंदे महसूस करता

था। सुबह की ताजगी ने मुझे एक नई ताजगी की कामना की। मैंने अपनी भावना को समाप्त कर दिया था। वास्तव में, जैसा कि मैंने अपने व्यवसाय के बारे में जाना, मैंने खुद को रात भर अपनी तीव्र उत्तेजना पर आश्चर्यचकित पाया। मैंने छोटे लॉन के बारे में ज़मीन की सावधानीपूर्वक जाँच की। मैं व्यर्थ के सवालों में कुछ समय बर्बाद किया, व्यक्त किया, साथ ही मैं सक्षम था, जैसे कि छोटे लोगों के द्वारा आया था। वे सभी मेरे इशारों को समझने में विफल रहे; कुछ लोग सीधे तौर पर एक-दूसरे के साथ थे, कुछ ने सोचा कि यह एक मजाक है और मुझ पर हँसे। मैं दुनिया में सबसे मुश्किल काम अपने सुंदर हंसते हुए चेहरे से दूर रखने के लिए किया था। यह एक मूर्खतापूर्ण आवेग था, लेकिन डर और अंधे क्रोध के शैतान भिखारी को बीमार कर दिया गया था और अभी भी मेरी पीड़ा का लाभ उठाने के लिए उत्सुक था। टर्फ ने बेहतर परामर्श दिया। मैंने पाया कि उसमें एक नाली फँसी हुई थी, स्फिंक्स के आसन के बीच में और मेरे पैरों के निशान के बीच, जहाँ आने पर, मैं पलट मशीन के साथ संघर्ष कर रहा था। वहाँ के बारे में हटाने के अन्य संकेत थे, उन लोगों के साथ कतारबद्ध संकीर्ण पैरों के निशान जैसे कि मैं एक सुस्ती द्वारा कल्पना कर सकता था। इसने पैदल चलने के लिए मेरा ध्यान आकर्षित किया। जैसा कि मैंने सोचा था कि मैंने कांस्य की बात कही है। यह एक मात्र खंड नहीं था, लेकिन दोनों तरफ गहरे फ्रेम वाले पैनलों से सजाया गया था। मैं गया और इन पर रैप किया। कुरसी खोखली थी। देखभाल के साथ पैनलों की जांच करना मैंने उन्हें फ्रेम के साथ बंद पाया। कोई हैंडल या कीहोल नहीं थे, लेकिन संभवत: पैनल, अगर वे दरवाजे थे, जैसा कि मुझे लगता है, भीतर से खोला गया। मेरे दिमाग में एक बात काफी साफ थी। यह अनुमान लगाने के लिए कोई बहुत बड़ा मानसिक प्रयास नहीं किया गया कि मेरी टाइम मशीन उस कुरसी के अंदर थी। लेकिन यह कैसे हो गया एक अलग समस्या थी।

'मैंने दो नारंगी-पहने लोगों के सिर झाड़ियों के माध्यम से और मेरी ओर कुछ खिले-खिले सेब-पेड़ों के नीचे देखे। मैं उनकी ओर मुस्कुराया और उन्हें मेरे सामने गिड़गिड़ाया। वे आए, और फिर, कांसे की चौकी की ओर इशारा करते हुए, मैंने उसे खोलने की इच्छा जताई। लेकिन इस ओर मेरे

पहले इशारे पर उन्होंने बहुत ही अजीब व्यवहार किया। मुझे नहीं पता कि आपको उनकी अभिव्यक्ति कैसे बताई जाए। मान लीजिए कि आप एक नाजुक दिमाग वाली महिला के लिए एक घोर अनुचित इशारे का उपयोग करने वाले थे - यह है कि वह कैसी दिखती है। वे चले गए जैसे कि उन्हें अंतिम संभव अपमान मिला हो। मैंने सफ़ेद रंग में एक मीठा दिखने वाला छोटा सा चेप आजमाया, ठीक उसी परिणाम के साथ। किसी तरह, उसके तरीके ने मुझे खुद पर शर्म महसूस कराई। लेकिन, जैसा कि आप जानते हैं, मैं टाइम मशीन चाहता था, और मैंने उसे एक बार फिर कोशिश की। जैसा कि उसने बंद कर दिया, दूसरों की तरह, मेरा स्वभाव मुझसे बेहतर हो गया। तीन दौर में मैं उसके पीछे था, उसकी गर्दन के गोल भाग के ढीले हिस्से को पकड़कर उसे स्फिंक्स की तरफ खींचने लगा। तब मैंने उसके चेहरे की डरावनी और प्रतिहिंसा देखी, और अचानक मैंने उसे जाने दिया।

'लेकिन मुझे अभी तक नहीं पीटा गया था। मैंने कांस्य पैनलों में अपनी मुट्ठी के साथ धमाका किया। मुझे लगा कि मैंने कुछ हलचल सुनी है - स्पष्ट रूप से, मैंने सोचा कि मैंने चकली की तरह एक आवाज सुनी है - लेकिन मुझे गलत माना गया है। तब मुझे नदी से एक बड़ा कंकड़ मिला, और जब तक मैं सजावट में एक कुंडल को समतल नहीं कर देता, तब तक हथौड़े की आवाज के साथ आ गया और खूंटे के गुच्छे में सिंदूर उतर गया। नाजुक छोटे लोगों ने मुझे सुना होगा कि दोनों हाथों से एक मील दूर जंग खाए जा रहे हैं, लेकिन इससे कुछ नहीं हुआ। मैं ढलान पर उनमें से एक भीड़ को देखा, मुझ पर उत्साह से देख रहे हैं। अंत में, गर्म और थके हुए, मैं जगह देखने के लिए बैठ गया। लेकिन मैं बहुत लंबा देखने के लिए बेचैन था; मैं एक लंबे समय तक सतर्कता के लिए बहुत अधिक संवेदनशील हूं। मैं वर्षों तक एक समस्या पर काम कर सकता था, लेकिन चौबीस घंटे निष्क्रिय रहने के लिए — यह दूसरी बात है।

'मैं एक समय के बाद उठ गया, और फिर से पहाड़ी की ओर झाड़ियों के माध्यम से लक्ष्यहीन होकर चलना शुरू कर दिया। "धैर्य," मैंने खुद से कहा। "यदि आप अपनी मशीन को फिर से चाहते हैं तो आपको उस

स्फिंक्स को अकेला छोड़ देना चाहिए। यदि उनका मतलब आपकी मशीन को दूर ले जाना है, तो यह आपके कांस्य पैनलों को कम कर सकता है, और यदि वे नहीं करते हैं, तो आप इसे जल्द से जल्द वापस प्राप्त कर सकते हैं। इसके लिए, उन सभी अज्ञात चीजों के बीच बैठना, जैसे कोई पहेली निराशाजनक है। इस तरह से मोनोमेनिया निहित है। इस दुनिया का सामना करें। इसके तरीके सीखें, इसे देखें, इसके अर्थ पर बहुत जल्दबाजी में सावधान रहें। अंत में आप पाएंगे। यह सब करने के लिए सुराग। " फिर अचानक स्थिति का हास्य मेरे दिमाग में आया: मैंने उन वर्षों के बारे में सोचा जो मैंने भविष्य की उम्र में पाने के लिए अध्ययन और शौचालय में बिताए थे, और अब इससे बाहर निकलने के लिए मेरी चिंता का जुनून। मैंने खुद को सबसे जटिल और सबसे निराशाजनक जाल बनाया है जो कभी एक आदमी को तैयार करता है। हालांकि यह मेरे अपने खर्च पर था, मैं खुद की मदद नहीं कर सकता था। मैं जोर से हँसा।

'बड़े महल से गुजरते हुए मुझे ऐसा लगा कि छोटे लोग मुझसे बचते हैं। हो सकता है कि यह मेरे फैंस के लिए हो, या हो सकता है कि कांस्य के द्वार पर मेरा हाथ थामकर कुछ किया हो। अभी तक मुझे लगता है कि निश्चित रूप से परिहार से निश्चित है। मैं सावधान था, हालांकि, कोई चिंता नहीं दिखाने के लिए और उनमें से किसी भी पीछा से दूर रहने के लिए, और एक या दो दिनों के दौरान पुराने ढर्रे पर लौट आया। मैंने भाषा में क्या प्रगति की, मैंने किया और इसके अलावा मैंने अपने अन्वेषणों को यहाँ और वहाँ धकेला। या तो मैं कुछ सूक्ष्म बिंदु से चूक गया या उनकी भाषा अत्यधिक सरल थी - लगभग विशेष रूप से ठोस इरादों और क्रियाओं से बनी। वहाँ कुछ लग रहा था, अगर कोई, अमूर्त शब्द, या आलंकारिक भाषा का थोड़ा उपयोग। उनके वाक्य आमतौर पर सरल और दो शब्दों के होते थे, और मैं किसी भी सरलतम प्रस्ताव को व्यक्त करने या समझने में विफल रहा। मैंने अपने टाइम मशीन और कांस्य दरवाजों के रहस्य को स्फिंक्स के नीचे रखने के लिए स्मृति के कोने में जितना संभव हो सके, निर्धारित किया, जब तक कि मेरा बढ़ता ज्ञान मुझे एक प्राकृतिक तरीके

से वापस नहीं ले जाता। अभी तक एक निश्चित भावना, आप समझ सकते हैं, मेरे आगमन के बिंदु के कुछ मील के घेरे में मुझे गिराया।

'अब तक जितना मैं देख सकता था, सारी दुनिया ने उतनी ही समृद्ध समृद्धि को टेम्स घाटी के रूप में प्रदर्शित किया। हर पहाड़ी से मैंने चढ़ाई की शानदार इमारतों की एक ही बहुतायत, सामग्री और शैली में पूरी तरह से विविध, सदाबहार की एक ही क्लस्टरिंग मोटी, एक ही खिलने वाले पेड़ों और पेड़ों के फर्न। यहाँ और वहाँ पानी चाँदी की तरह चमकता था, और परे, भूमि नीली अविरल पहाड़ियों में उठी, और इसलिए आकाश की शांति में फीका पड़ गया। एक अजीब विशेषता है, जो वर्तमान में मेरा ध्यान आकर्षित करती है, एक निश्चित परिपत्र कुओं की उपस्थिति थी, कई, जैसा कि यह मुझे लगता है, बहुत ही महान गहराई का था। पहाड़ी के ऊपर एक रास्ता था, जिसे मैंने अपनी पहली यात्रा के दौरान चलाया था। दूसरों की तरह, यह कांस्य के साथ रिम किया गया था, उत्सुकता से सूखा, और बारिश से थोड़ा कपोला द्वारा संरक्षित। इन कुओं के किनारे पर बैठे, और शाफ्ट के अंधेरे में झाँकते हुए, मैं पानी का कोई झोंका नहीं देख सकता था, न ही मैं एक रोशनी वाले मैच के साथ किसी भी प्रतिबिंब को शुरू कर सकता था। लेकिन उन सभी में मुझे एक निश्चित ध्वनि सुनाई दी: एक थुड़-थड- कुछ बड़े इंजन की धड़कन की तरह; और मुझे पता चला, मेरे मैचों की भड़क से, कि हवा की एक स्थिर धारा शाफ्ट को नीचे सेट करती है। इसके अलावा, मैंने कागज के एक स्क्रैप को एक के गले में फेंक दिया, और, धीरे-धीरे नीचे बहने के बजाय, यह एक बार देखने से तेजी से चूसा गया था।

'एक समय के बाद, मैं भी इन कुओं को ऊंचे टावरों के साथ जोड़ने के लिए यहाँ और वहाँ ढलान पर खड़ा हो गया; ऊपर उनके लिए अक्सर हवा में ऐसी झिलमिलाहट होती थी, जैसे कोई गर्म दिन में धूप में झुलसे समुद्र तट के ऊपर देखता है। चीजों को एक साथ रखना, मैं भूमिगत वेंटिलेशन की एक व्यापक प्रणाली के एक मजबूत सुझाव पर पहुंच गया, जिसका सही आयात कल्पना करना मुश्किल था। मैं पहली बार इन लोगों

के स्वच्छता उपकरण के साथ जुड़ने के लिए इच्छुक था। यह एक स्पष्ट निष्कर्ष था, लेकिन यह बिल्कुल गलत था।

'और यहाँ मुझे यह स्वीकार करना चाहिए कि मैंने इस वास्तविक भविष्य में अपने समय के दौरान बहुत कम नालियाँ और घंटियाँ और सहूलियत के तरीके और उपयुक्तता सीखी। इनमें से कुछ में यूटोपिया और आने वाले समय के दृश्य जो मैंने पढ़े हैं, भवन, और सामाजिक व्यवस्था, और इसके बारे में विस्तार से जानकारी दी गई है। लेकिन जब पूरी दुनिया किसी की कल्पना में सम्मिलित होती है, तो इस तरह के ब्यौरों को हासिल करना काफी आसान होता है, वे इस तरह की वास्तविकताओं के बीच एक वास्तविक यात्री के लिए पूरी तरह से दुर्गम होते हैं जैसा कि मैंने यहां पाया। लन्दन की कहानी की कल्पना कीजिए, जो मध्य अफ्रीका से ताजा एक नीग्रो है, जो अपने गोत्र को वापस ले जाएगा! वह रेलवे कंपनियों के बारे में क्या जानता होगा, सामाजिक आंदोलनों का, टेलीफोन और टेलीग्राफ तारों का, पार्सल डिलीवरी कंपनी का, और पोस्टल ऑर्डर और इसी तरह का? फिर भी, कम से कम, हमें इन बातों को समझाने के लिए पर्याप्त रूप से तैयार होना चाहिए! और यहां तक कि जो वह जानता था, वह अपने अचूक दोस्त को या तो आशंकित कर सकता था या विश्वास कर सकता था? फिर, सोचें कि एक नीग्रो और हमारे अपने समय के एक गोरे आदमी के बीच की खाई कितनी कम है, और अपने और इन स्वर्ण युगों के बीच का अंतराल कितना व्यापक है! मैं बहुत समझदार था जो अनदेखा था, और जिसने मेरे आराम में योगदान दिया; लेकिन स्वचालित संगठन की एक सामान्य धारणा के लिए बचाओ, मुझे डर है कि मैं आपके मन में बहुत कम अंतर बता सकता हूं।

उदाहरण के लिए, मैं एक प्रकार की मछली के रूप में देख सकता हूं, मैं न तो श्मशान का कोई संकेत देख सकता हूं और न ही कब्रों की कोई विचारधारा। लेकिन मेरे साथ ऐसा हुआ कि संभवतः, मेरी खोज की सीमा से कहीं कहीं कब्रिस्तान (या श्मशान) हो सकते हैं। यह, फिर से, एक सवाल था जिसे मैंने जानबूझकर खुद पर रखा था, और मेरी जिज्ञासा पहले बिंदु पर पूरी तरह से हार गई थी। इस बात ने मुझे हैरान कर दिया,

और मैं एक और टिप्पणी करने के लिए नेतृत्व किया गया, जिसने मुझे और भी अधिक हैरान कर दिया: वह वृद्ध और इस लोगों के बीच में कोई भी नहीं था।

'मुझे यह स्वीकार करना चाहिए कि एक स्वचालित सभ्यता के अपने पहले सिद्धांतों और एक पतनशील मानवता के साथ मेरी संतुष्टि लंबे समय तक नहीं रही। अभी तक मैं कोई अन्य के बारे में सोच सकता है। मुझे अपनी कठिनाइयों को बताने दो। मेरे द्वारा खोजे गए कई बड़े महल महज रहने के स्थान, महान भोजन-कक्ष और सोने के अपार्टमेंट थे। मुझे कोई मशीनरी नहीं मिली, किसी तरह का कोई उपकरण नहीं मिला। अभी तक इन लोगों को सुखद कपड़े पहनाए गए थे, जिन्हें कई बार नवीकरण की आवश्यकता होती है, और उनकी सैंडल, हालांकि, अघोषित रूप से, धातु के काम के काफी जटिल नमूने थे। किसी भी तरह ऐसी चीजें बनाई जानी चाहिए। और छोटे लोगों ने रचनात्मक प्रवृत्ति का कोई उल्लास प्रदर्शित नहीं किया। कोई दुकानें नहीं थीं, कोई कार्यशाला नहीं थी, उनके बीच आयात का कोई संकेत नहीं था। उन्होंने अपना सारा समय धीरे-धीरे खेलने, नदी में स्नान करने, आधे-अधूरे फैशन में प्यार करने, फल खाने और सोने में बिताया। मैं यह नहीं देख सकता था कि चीजें कैसे रखी जाती हैं।

'फिर, फिर से, टाइम मशीन के बारे में: कुछ, मैं नहीं जानता कि क्या था, इसे सफेद स्फिंक्स के खोखले कुरसी में ले लिया था। क्यों? मेरे जीवन के लिए मैं कल्पना नहीं कर सकता था। उन पानी के कुओं, भी, उन टिमटिमाते खंभे। मुझे लगा कि मेरे पास कोई सुराग नहीं है। मुझे लगा- मैं इसे कैसे रखूंगा? मान लें कि आपको एक शिलालेख मिला है, यहाँ और वहाँ के सादे अंग्रेजी में वाक्यों के साथ, और बीच में, दूसरों के शब्दों से बना है, यहाँ तक कि अक्षरों से भी, जो आपके लिए बिल्कुल अज्ञात है? खैर, मेरी यात्रा के तीसरे दिन, इस तरह आठ सौ और दो हज़ार सात सौ की दुनिया और एक ने खुद को मेरे सामने प्रस्तुत किया!

उस दिन, मैंने भी, एक दोस्त बनाया-एक तरह का। ऐसा हुआ कि, जैसा कि मैं कुछ छोटे लोगों को उथले में नहाते हुए देख रहा था, उनमें से एक को ऐंठन के साथ जब्त कर लिया गया और नीचे की ओर बहने लगा। मुख्य धारा तेजी से भागती है, लेकिन एक मध्यम तैराक के लिए भी दृढ़ता से नहीं। यह आपको एक विचार देगा, इसलिए, इन प्राणियों में अजीब कमी है, जब मैं आपको बताता हूं कि कमजोर रोने वाली छोटी चीज को बचाने के लिए किसी ने भी मामूली प्रयास नहीं किया, जो उनकी आंखों के सामने डूब रहा था। जब मुझे इस बात का एहसास हुआ, तो मैंने जल्दी से अपने कपड़े उतार दिए, और, नीचे एक बिंदु पर लुढ़कते हुए, मैंने गरीब माइट को पकड़ लिया और उसे सुरक्षित लैंड करने के लिए आकर्षित किया। अंगों की थोड़ी रगड़ ने जल्द ही उसे गोल कर दिया, और मुझे यह देखने का संतोष था कि मैं उसे छोड़ने से पहले ठीक था। मुझे उसकी तरह का इतना कम अनुमान लग गया था कि मुझे उससे किसी भी आभार की उम्मीद नहीं थी। हालाँकि, मैं गलत था।

'सुबह हुई। दोपहर में मैं अपनी छोटी महिला से मिला, जैसा कि मेरा मानना है कि जैसा कि मैं एक अन्वेषण से अपने केंद्र की ओर लौट रहा था, और उसने मुझे खुशी के रोने के साथ प्राप्त किया और मुझे फूलों की एक बड़ी माला के साथ प्रस्तुत किया-जाहिर तौर पर मेरे और मेरे लिए अकेला। बात मेरी कल्पना को ले गई। बहुत संभवतः मैं उजाड़ महसूस कर रहा था। किसी भी दर पर मैंने उपहार की अपनी प्रशंसा प्रदर्शित करने के लिए अपना सर्वश्रेष्ठ प्रदर्शन किया। हम जल्द ही एक छोटे से पत्थर के समीप एक साथ बैठे थे, बातचीत में लगे हुए थे, मुख्यतः मुस्कुराते हुए। प्राणी की मित्रता ने मुझे ठीक वैसे ही प्रभावित किया जैसे किसी बच्चे ने किया होगा। हम एक दूसरे को फूल से पारित कर दिया है, और वह मेरे हाथ चूमा। मैंने उसके साथ ऐसा ही किया। तब मैंने बात करने की कोशिश की, और पाया कि उसका नाम वेना था, जो, हालांकि मुझे नहीं पता कि इसका क्या मतलब है, किसी भी तरह पर्याप्त उपयुक्त लग रहा था। यह एक कतार दोस्ती की शुरुआत थी जो एक सप्ताह तक चली, और समाप्त हुई- जैसा कि मैं आपको बताऊंगा!

'वह बिल्कुल एक बच्चे की तरह थी। वह हमेशा मेरे साथ रहना चाहती थी। उसने हर जगह मेरा पीछा करने की कोशिश की, और मेरी अगली यात्रा के बारे में और उसके बारे में कहा कि मैं उसे थकाने के लिए मेरे दिल में चली गई, और उसे अंतिम रूप से छोड़ दिया, और थकने के बाद फोन किया। लेकिन दुनिया की समस्याओं में महारत हासिल करनी थी। मैं नहीं था, मैंने खुद से कहा, भविष्य में एक लघु इश्कबाज पर ले जाने के लिए। फिर भी जब मैंने उसे छोड़ा तो वह बहुत परेशान था, बिदाई के समय उसकी उदासीनता कभी-कभी उन्मत्त हो जाती थी, और मुझे लगता है, कुल मिलाकर, मुझे उसकी भक्ति से जितना आराम था, उतना ही कष्ट हुआ। फिर भी, वह किसी भी तरह, एक बहुत बड़ा आराम था। मैंने सोचा था कि यह केवल एक बचकाना स्नेह था, जिसने उसे मुझसे जकड़ दिया। जब तक यह बहुत देर हो चुकी थी, मुझे स्पष्ट रूप से नहीं पता था कि जब मैंने उसे छोड़ा था, तो मैंने उसे क्या दिया था। न ही जब तक बहुत देर हो चुकी थी मुझे स्पष्ट रूप से समझ नहीं आया कि वह मेरे लिए क्या था। के लिए, केवल मेरे प्यारे लग रहे हैं, और उसे कमजोर, निरर्थक तरीके से दिखा रहा है कि वह मेरे लिए परवाह में है, वर्तमान में एक प्राणी की छोटी गुड़िया ने सफेद स्फिंक्स के पड़ोस में मेरी वापसी को लगभग घर आने का एहसास दिया; और मैं पहाड़ी पर आते ही उसके छोटे से सफेद और सोने के फिगर को देखूंगा।

'यह उससे भी था, कि मैंने सीखा कि डर अभी तक दुनिया से बाहर नहीं गया था। वह दिन के उजाले में काफी निडर थी, और उसे मुझ पर सबसे अजीब विश्वास था; एक बार के लिए, एक मूर्खतापूर्ण क्षण में, मैंने उस पर धमकाने वाली मुस्कुराहट बना दी, और वह बस उन पर हंसी। लेकिन वह काले, खूंखार छाया, खूंखार काली चीजों से घबरा गई। उसके लिए अंधकार एक भयानक बात थी। यह एक विलक्षण भावुक भाव था, और इसने मुझे सोचने और अवलोकन करने के लिए तैयार किया। मुझे तब पता चला, अन्य बातों के अलावा, कि ये छोटे लोग अंधेरे के बाद महान घरों में इकट्ठा हुए, और ड्रॉ में सो गए। प्रकाश के बिना उन पर प्रवेश करने के लिए उन्हें आशंका के ट्यूमर में डाल दिया गया था। मैंने कभी किसी को दरवाजे से बाहर नहीं पाया, या अंधेरे के बाद दरवाजे के भीतर

अकेले सोता रहा। अभी तक मैं अभी भी ऐसा ब्लॉकहेड था कि मैं उस डर के सबक से चूक गया, और वीना के संकट के बावजूद मैंने इन नींद से बहुरने वाली नींद से दूर रहने पर जोर दिया।

'इसने उसे बहुत परेशान किया, लेकिन अंत में मेरे प्रति उसका अजीब लगाव जीत गया, और हमारे परिचित की पांच रातों के लिए, जिसमें सभी की आखिरी रात भी शामिल थी, वह अपने सिर के साथ मेरी बांह पर सिर रखकर सोती थी। के रूप में मैं उसकी बात है, लेकिन मेरी कहानी मुझसे दूर निकल जाता है। यह उसके बचाव से पहले की रात रही होगी जब मैं भोर के बारे में जागा था। मैं बेचैन था, सबसे असहमत सपना देख रहा था कि मैं डूब गया था, और यह कि समुद्र के एनीमोन अपने नरम पट्टियों के साथ मेरे चेहरे पर महसूस कर रहे थे। मैं एक शुरुआत के साथ जाग गया, और एक अजीब कल्पना के साथ कि कुछ कर्कश जानवर सिर्फ कक्ष से बाहर निकल गए थे। मैंने फिर से सोने की कोशिश की, लेकिन मुझे बेचैनी और बेचैनी महसूस हुई। यह था कि मंद ग्रे घंटे जब चीजें सिर्फ अंधेरे से बाहर निकलती हैं, जब सब कुछ बेरंग और स्पष्ट रूप से कट जाता है, और अभी तक अवास्तविक है। मैं उठा, और महान हॉल में चला गया, और इसलिए राजमहल के सामने मौजूद झंडे पर। मैंने सोचा था कि मैं आवश्यकता का पुण्य कमाऊंगा, और सूर्योदय देखूंगा।

'चंद्रमा अस्त हो रहा था, और मरती हुई चांदनी और भोर का पहला पलक एक भीषण अर्ध-प्रकाश में घुलमिल गया था। झाड़ियों का रंग काला, ज़मीन एक सोबर ग्रे, आसमान रंगहीन और हंसमुख था। और पहाड़ी पर मुझे लगा कि मैं भूत देख सकता हूं। कई बार, जैसा कि मैंने ढलान को स्कैन किया, मैंने सफेद आंकड़े देखे। दो बार जब मैंने देखा कि मैं एक एकान्त श्वेत, साँप जैसा प्राणी हूँ जो जल्दी-जल्दी पहाड़ी पर भाग रहा था, और एक बार खंडहर के पास मैंने उनमें से कुछ को अंधेरे शरीर में ले जाते देखा। वे जल्दबाजी में चले गए। मैंने यह नहीं देखा कि उनमें से क्या बन गया। ऐसा लगा कि वे झाड़ियों के बीच गायब हो गए। भोर अभी भी निर्विवाद था, आपको समझना चाहिए। मैं महसूस कर रहा

था कि सर्द, अनिश्चित, सुबह-सुबह की भावना जो आप जानते होंगे। मुझे शक हुआ।

'जब पूर्वी आकाश तेज हुआ, और दिन का उजाला हुआ और इसका विशद रंग दुनिया में एक बार फिर लौट आया, मैंने उत्सुकता से दृश्य को स्कैन किया। लेकिन मैंने अपने श्वेत शख्सियतों की कोई कमी नहीं देखी। वे आधे प्रकाश के प्राणी थे। "वे भूत रहे होंगे," मैंने कहा; "मुझे आश्चर्य है कि उन्होंने दिनांकित किया।" अनुदान की एक कतार धारणा के लिए एलन मेरे सिर में आया, और मुझे खुश किया। यदि प्रत्येक पीढ़ी मर जाती है और भूतों को छोड़ देती है, तो उसने तर्क दिया, आखिर में दुनिया उनके साथ भीड़ जाएगी। इस सिद्धांत पर वे आठ हजार साल बाद असंख्य हो गए होंगे, और एक बार में चार देखना कोई बड़ी बात नहीं थी। लेकिन जब तक वेना के बचाव ने उन्हें मेरे सिर से बाहर निकाल दिया, तब तक सुबह-सुबह ये कीट असंतोषजनक था, और मैं इन आंकड़ों के बारे में सोच रहा था। मैं उन्हें सफेद जानवर के साथ कुछ अनिश्चित तरीके से जुड़ा था, मैंने टाइम मशीन के लिए अपनी पहली भावुक खोज में चौंका दिया था। लेकिन वीना एक सुखद विकल्प थी। अभी तक सभी समान, वे जल्द ही मेरे दिमाग पर दूर तक कब्जा करने के लिए किस्मत में थे।

'मुझे लगता है कि मैंने कहा है कि हमारे खुद के मुकाबले इस गर्म युग का मौसम कितना गर्म था। मैं इसका हिसाब नहीं दे सकता। यह हो सकता है कि सूर्य गर्म था, या पृथ्वी सूर्य के निकट थी। यह मान लेना सामान्य है कि भविष्य में सूरज लगातार ठंडा रहेगा। लेकिन लोग, जो युवा डार्विन के रूप में ऐसी अटकलों से अपरिचित हैं, भूल जाते हैं कि ग्रहों को मूल माता-पिता में एक-एक करके वापस गिरना चाहिए। जैसे ही ये तबाही होती है, सूरज नए सिरे से उजाला करेगा; और यह हो सकता है कि किसी आंतरिक ग्रह ने इस भाग्य का सामना किया हो। कारण जो भी हो, यह तथ्य यह है कि सूरज बहुत अधिक गर्म था जितना हम जानते हैं।

'ठीक है, एक बहुत ही गर्म सुबह-मेरा चौथा, मुझे लगता है कि जैसे-जैसे मैं उस महान घर के निकट एक खंडहर खंडहर में गर्मी और चकाचौंध से

आश्रय चाहता था, जहाँ मैं सोया और खिलाया जाता था, वहाँ यह अजीब बात हुई: चिनाई के इन टुकड़ों के बीच झनझनाहट , मुझे एक संकरी गैलरी मिली, जिसकी अंतिम और पार्श्व की खिड़कियां पत्थर के गिरे हुए द्रव्यमान से अवरुद्ध थीं। बाहर की चमक के साथ इसके विपरीत, यह मेरे लिए पहले अभेद्य रूप से अंधेरा लग रहा था। प्रकाश से कालेपन से बने रंग के धब्बों को मेरे सामने लाने के लिए, मैंने इसे ग्रोपिंग में प्रवेश किया। अचानक मैंने मंत्रमुग्ध कर दिया। आंखों की एक जोड़ी, दिन के उजाले के खिलाफ प्रतिबिंब से प्रकाशमान, मुझे अंधेरे से बाहर देख रही थी।

'जंगली जानवरों की पुरानी सहज प्रवृत्ति मुझ पर आ गई। मैंने अपने हाथों को जकड़ लिया और तेजी से चमकती आंखों में देखा। मुझे मुड़ने का डर था। तब संपूर्ण सुरक्षा के बारे में सोचा गया, जिसमें मानवता दिखाई देती थी, मेरे दिमाग में आई। और फिर मुझे अंधेरे का वह अजीब आतंक याद आया। कुछ हद तक मेरे डर पर काबू पाने के लिए, मैंने एक कदम आगे बढ़ाया और बात की। मैं स्वीकार करूंगा कि मेरी आवाज कठोर और गैर-नियंत्रित थी। मैंने अपना हाथ बाहर निकाला और कोमल को छुआ। एक बार आँखों ने बग़ल में डार्ट किया, और कुछ सफ़ेद भाग गया। मैं अपने मुंह में अपने दिल के साथ बदल गया, और एक छोटा सा दिखने वाला वानर जैसा आकृति देखा, इसका सिर एक अजीब तरह से नीचे रखा, मेरे पीछे सूरज की रोशनी अंतरिक्ष में दौड़ रहा था। यह ग्रेनाइट के एक ब्लॉक के खिलाफ विस्फोट हो गया, एक तरफ लड़खड़ा गया, और एक पल में बर्बाद चिनाई के एक और ढेर के नीचे एक काली छाया में छिपा हुआ था।

'मेरी यह धारणा, निस्संदेह, अपूर्ण है; लेकिन मुझे पता है कि यह एक सुस्त सफेद था, और अजीब बड़ी लाल-लाल आँखें थी; यह भी कि उसके सिर पर बाल थे और उसकी पीठ के नीचे बाल थे। लेकिन, जैसा कि मैं कहता हूँ, यह मेरे लिए बहुत तेजी से विशिष्ट रूप से देखने के लिए चला गया। मैं यह भी नहीं कह सकता कि यह सभी चौकों पर चला, या केवल इसके अग्रभाग बहुत कम आयोजित किए गए। तात्कालिक ठहराव के

बाद मैंने इसे खंडहर के दूसरे ढेर में डाल दिया। मैं इसे पहले नहीं मिल सका; लेकिन, गहन अस्पष्टता के समय के बाद, मैं उनमें से एक दौर की तरह खुल गया, जिसके बारे में मैंने आपको बताया है, एक गिरे हुए खंभे से आधा बंद। अचानक एक विचार मेरे पास आया। क्या यह बात शाफ्ट के नीचे गायब हो सकती है? मैंने एक माचिस जलाई, और, नीचे देखते हुए, मैंने एक छोटी, सफेद, चलती हुई प्राणी को देखा, बड़ी चमकदार आँखों के साथ जो मुझे पीछे हटने के रूप में दृढ़ता से मानता था। इसने मुझे झकझोर कर रख दिया। यह एक मानव मकड़ी की तरह था! यह दीवार से टकरा रहा था, और अब मैंने पहली बार शाफ्ट के नीचे एक प्रकार की धातु की पैर और हाथ की एक प्रकार की सीढ़ी का निर्माण किया। तब प्रकाश ने मेरी उंगलियां जला दीं और मेरे हाथ से गिर गया, जैसे-जैसे वह गिरा, और जब मैंने एक और जलाया तो छोटा राक्षस गायब हो गया था।

'मुझे नहीं पता कि मैं कितनी देर तक उस कुएं को सहलाता रहा। यह कुछ समय के लिए नहीं था कि मैं खुद को समझाने में सफल हो सकूं कि जिस चीज को मैंने देखा था वह मानवीय थी। लेकिन, धीरे-धीरे, सच्चाई ने मुझ पर भरोसा किया: वह आदमी एक प्रजाति नहीं रह गया था, बल्कि दो अलग-अलग जानवरों में विभक्त हो गया था: कि ऊपरी दुनिया के मेरे सुंदर बच्चे हमारी पीढ़ी के एकमात्र वंशज नहीं थे, लेकिन यह प्रक्षालित, अश्लील था , रात बात, जो मेरे सामने चमकती थी, वह भी सभी उम्र के लिए वारिस थी।

'मैंने झिलमिलाहट स्तंभों और भूमिगत वेंटिलेशन के अपने सिद्धांत के बारे में सोचा। मुझे उनके असली आयात पर संदेह होने लगा। और मैं क्या सोच रहा था, क्या यह नींबू पूरी तरह से संतुलित संगठन की मेरी योजना में था? यह सुंदर ऊपरी दुनियावालों की अकर्मण्यता से कैसे संबंधित था? और उस शाफ्ट के पैर में क्या छिपा हुआ था? मैं खुद को यह बताने के लिए कुएं के किनारे पर बैठ गया कि किसी भी दर पर, डरने की कोई बात नहीं है, और वहाँ मुझे अपनी कठिनाइयों के समाधान के लिए उतरना होगा। और विठ्ठल मैं जाने से बिल्कुल डरता था! जैसा कि

मैंने झिझकते हुए कहा, दो ऊपरी दुनिया के दो खूबसूरत लोग छाया में दिन के उजाले में अपने शानदार खेल में भागते हुए आए। नर ने मादा का पीछा किया, उसके दौड़ते ही उस पर फूल बरसाए।

'वे मुझे खोजने के लिए व्यथित लग रहे थे, उलटे खंभे के खिलाफ मेरी बांह, कुएं को सहला रही थी। स्पष्ट रूप से इन एपर्चर को टिप्पणी करने के लिए इसे बुरा रूप माना जाता था; जब मैंने इस ओर इशारा किया, और अपनी जीभ में इसके बारे में एक प्रश्न बनाने की कोशिश की, तो वे अभी भी अधिक परेशान थे और दूर हो गए। लेकिन वे मेरे मैचों में रुचि रखते थे, और मैंने उन्हें खुश करने के लिए कुछ मारा। मैंने उन्हें कुएँ के बारे में फिर से कोशिश की, और फिर से मैं असफल रहा। इसलिए वर्तमान में मैंने उन्हें छोड़ दिया, जिसका अर्थ था वेना में वापस जाना, और देखें कि मुझे उससे क्या मिल सकता है। लेकिन मेरा मन पहले से ही क्रांति में था; मेरे अनुमान और इंप्रेशन नए समायोजन में फिसल रहे थे और फिसल रहे थे। मेरे पास अब इन कुओं के आयात का एक उपाय था, जो हवादार मीनारों के लिए, भूतों के रहस्य के लिए; कांस्य द्वार के अर्थ और समय मशीन के भाग्य पर संकेत के कुछ भी नहीं कहने के लिए! और बहुत अस्पष्ट रूप से उस आर्थिक समस्या के समाधान की दिशा में एक सुझाव आया जिसने मुझे हैरान कर दिया था।

'यहाँ नया दृश्य था। स्पष्ट रूप से, मनुष्य की यह दूसरी प्रजाति भूमिगत थी। विशेष रूप से तीन परिस्थितियां थीं, जो मुझे लगाती थीं कि जमीन के ऊपर इसका दुर्लभ उद्भव लंबे समय से जारी भूमिगत आदत का परिणाम था। पहले स्थान पर, ज्यादातर जानवरों में प्रक्षालित लुक आम था जो कि बड़े पैमाने पर अंधेरे में रहते हैं - उदाहरण के लिए, केंतुकी गुफाओं की सफेद मछली। फिर, वे बड़ी आंखें, जो प्रकाश को प्रतिबिंबित करने की क्षमता के साथ, निशाचर चीजों की सामान्य विशेषताएं हैं - उल्लू और बिल्ली की साक्षी। और सबसे आखिर में, धूप में स्पष्ट भ्रम, वह जल्दबाजी अभी तक अंधेरे छाया की ओर अजीब उड़ान, और प्रकाश में रहते हुए सिर की अजीबोगरीब गाड़ी - सभी ने रेटिना की चरम संवेदनशीलता के सिद्धांत को प्रबलित किया।

'मेरे पैरों के नीचे, तब, पृथ्वी को बड़े पैमाने पर ट्यून किया जाना चाहिए, और ये टनलिंग नई दौड़ के निवास स्थान थे। पहाड़ी ढलानों के साथ वेंटिलेटिंग शाफ्ट और कुओं की उपस्थिति - हर जगह, वास्तव में, नदी की घाटी के अलावा-यह दर्शाता है कि इसके प्रभाव कितने सार्वभौमिक थे। क्या इतना स्वाभाविक है, फिर, यह मान लेना कि इस कृत्रिम अंडरवर्ल्ड में था कि दिन के उजाले की दौड़ के आराम के लिए ऐसा काम करना आवश्यक था? धारणा इतनी प्रशंसनीय थी कि मैंने इसे एक बार स्वीकार कर लिया, और मान लिया कि यह मानव प्रजाति के विभाजन के बारे में कैसे है। मैं कहता हूँ कि तुम मेरे सिद्धांत के आकार का अनुमान लगाओगे; हालाँकि, अपने लिए, मुझे बहुत जल्द लगा कि यह सच्चाई से बहुत दूर है।

'पहली बार में, हमारी अपनी उम्र की समस्याओं से आगे बढ़ते हुए, यह मुझे दिन के उजाले के रूप में स्पष्ट लग रहा था कि वर्तमान का क्रमिक चौड़ीकरण पूंजीवादी और मजदूर के बीच केवल अस्थायी और सामाजिक अंतर है, पूरी स्थिति की कुंजी है। इसमें कोई संदेह नहीं है कि यह आपके लिए पर्याप्त रूप से मनोरंजक होगा - और बेतहाशा अविश्वसनीय! - और फिर भी अभी भी मौजूदा हालात इस तरह से हैं। सभ्यता के कम सजावटी उद्देश्यों के लिए भूमिगत स्थान का उपयोग करने की प्रवृत्ति है; लंदन में महानगरीय रेलवे है, उदाहरण के लिए, नए इलेक्ट्रिक रेलवे हैं, सबवे हैं, भूमिगत कार्यस्थल और रेस्तरां हैं, और वे बढ़ते और गुणा करते हैं। जाहिर है, मैंने सोचा, यह प्रवृत्ति तब तक बढ़ गई थी जब तक कि उद्योग धीरे-धीरे आकाश में अपना जन्मसिद्ध अधिकार नहीं खो गया था। मेरा मतलब है कि यह गहरे और गहरे बड़े और कभी बड़े भूमिगत कारखानों में चला गया था, अपने समय की एक बढ़ती हुई राशि को खर्च करते हुए, अंत तक, -! अब भी, एक पूर्व-अंत कार्यकर्ता ऐसी कृत्रिम परिस्थितियों में नहीं रहता है, जो व्यावहारिक रूप से पृथ्वी की प्राकृतिक सतह से काट दिया जाए?

'फिर से, अमीर लोगों की अनन्य प्रवृत्ति - क्योंकि, उनकी शिक्षा के बढ़ते परिशोधन के लिए, और उनके और गरीबों के बीच की हिंसा को बढ़ाने के लिए कोई संदेह नहीं है - पहले से ही, उनके हित में, समापन के लिए अग्रणी है। भूमि की सतह के कुछ भाग। उदाहरण के लिए, लंदन के बारे में, शायद घुसपैठिए के खिलाफ आधा पूर्ववर्ती देश बंद है। और यह एक ही चौड़ी खाई है - जो उच्च शैक्षिक प्रक्रिया की लंबाई और खर्च और अमीरों की ओर से परिष्कृत आदतों के लिए बढ़ी हुई सुविधाओं और प्रलोभनों के कारण है - जो वर्ग और वर्ग के बीच आदान-प्रदान करेगा, जो कि अंतर्जातीय विवाह द्वारा पदोन्नति वर्तमान में सामाजिक स्तरीकरण की लाइनों के साथ-साथ हमारी प्रजातियों के विभाजन को कम और कम अक्सर किया जाता है। इसलिए, अंत में, जमीन के ऊपर, आपके पास हौव्स होना चाहिए, सुख और आराम और सुंदरता का पीछा करना चाहिए, और जमीन के नीचे है-नॉट्स, श्रमिकों को लगातार उनके श्रम की शर्तों के अनुकूल होना चाहिए। एक बार जब वे वहां थे, तो उन्हें कोई संदेह नहीं था कि उन्हें किराए का भुगतान करना होगा, और इसके बारे में थोड़ा नहीं, उनके के वेंटिलेशन के लिए; और अगर उन्होंने इनकार कर दिया, तो वे भूखे रहेंगे या बकाया के लिए दम लेंगे। उनमें से इस तरह के रूप में गठित किया गया ताकि दुखी और विद्रोही मर जाए; और, अंत में, संतुलन स्थायी होने से, बचे हुए लोग भूमिगत जीवन की परिस्थितियों के अनुकूल हो जाएंगे, और अपने तरीके से खुश होंगे, जैसा कि ऊपरी दुनिया के लोग थे। जैसा कि मुझे लग रहा था, परिष्कृत सौंदर्य और शिथिल पल्लुर स्वाभाविक रूप से पर्याप्त थे।

'मानवता की महान विजय मैंने अपने मन में एक अलग आकार लेने का सपना देखा था। यह नैतिक शिक्षा और सामान्य सहयोग की ऐसी कोई जीत नहीं थी जैसी मैंने कल्पना की थी। इसके बजाय, मैंने एक वास्तविक अभिजात वर्ग को देखा, जो एक सिद्ध विज्ञान से लैस था और एक तार्किक निष्कर्ष के लिए काम कर रहा था जो कि दिन के औद्योगिक प्रणाली के लिए था। इसकी जीत प्रकृति पर जीत नहीं थी, बल्कि प्रकृति और साथी पर एक विजय थी। यह, मुझे आपको चेतावनी देना चाहिए, उस समय मेरा सिद्धांत था। मेरे पास यूटोपियन पुस्तकों के पैटर्न में कोई

सुविधाजनक सिसरोन नहीं था। मेरी व्याख्या बिल्कुल गलत हो सकती है। मुझे अभी भी लगता है कि यह सबसे प्रशंसनीय है। लेकिन इस दमन पर भी संतुलित सभ्यता जो कि अंतिम समय में थी, उसके आंचल को पार करते हुए बहुत समय हो चुका था, और अब वह क्षय हो गया था। ऊपरी-दुनियावालों की भी संपूर्ण सुरक्षा ने उन्हें आकार, शक्ति और बुद्धिमत्ता में एक सामान्य गिरावट के लिए अध: पतन की धीमी गति से आगे बढ़ाया। कि मैं स्पष्ट रूप से पहले से ही पर्याप्त देख सकता था। अंडर-ग्राउंडर्स को क्या हुआ था, मुझे अभी तक संदेह नहीं था; लेकिन मैंने जो भी मोल-तोल देखा था, वह था, वह नाम जिसके द्वारा इन प्राणियों को बुलाया गया था — मैं सोच सकता था कि मानव प्रकार का संशोधन "एलोई" की तुलना में कहीं अधिक गहरा था, सुंदर दौड़ है कि मैं पहले से ही जानता था।

'तब तकलीफदेह संदेह आया। मेरे समय की मशीन को क्यों ले लिया था? क्योंकि मुझे लगा कि यह वही है जो इसे ले गया था। क्यों, अगर एलोई स्वामी थे, तो क्या वे मुझे मशीन को बहाल नहीं कर सकते थे? और वे अंधेरे से बहुत डरते क्यों थे? मैं आगे बढ़ा, जैसा कि मैंने कहा है, इस अंडर-वर्ल्ड के बारे में वीना से सवाल करने के लिए, लेकिन यहां फिर से मुझे निराशा हुई। पहले तो उसने मेरे सवालों को नहीं समझा और वर्तमान में उसने उन्हें जवाब देने से मना कर दिया। वह इस तरह कांप गई थी, क्योंकि यह विषय अकल्पनीय था। और जब मैंने उसे दबाया, तो शायद ही थोड़ी सख्ती हुई, वह फूट-फूट कर रो पड़ी। वे केवल आँसू थे, मेरे अपने को छोड़कर, मैंने कभी उस सुनहरे युग में देखा था। जब मैंने उन्हें देखा कि मैं अचानक झुंड के बारे में परेशान हो गया, और केवल वेना की आँखों से मानव विरासत के इन संकेतों को मिटाने में चिंतित था। और बहुत जल्द वह मुस्कुरा रही थी और अपने हाथों से ताली बजा रही थी, जबकि मैंने पूरी तरह से एक मैच जला दिया था।

छठी

'यह आपको अजीब लग सकता है, लेकिन यह दो दिन पहले था कि मैं नए-नए सुरागों का पालन कर सकूं जो प्रकट रूप से उचित तरीका था।

मुझे उन अजीबोगरीब पिंडों से एक अजीब सी सिकुड़न महसूस हुई। वे कीड़े के आधे-प्रक्षालित रंग और एक प्राणी संग्रहालय में आत्मा में संरक्षित चीजों को देखते हैं। और वे स्पर्श करने के लिए गंदे थे। शायद मेरा सिकुड़ना मोटे तौर पर एलोई के सहानुभूतिपूर्ण प्रभाव के कारण था, जिसकी अब तक की रुचियों से मुझे घृणा होने लगी थी।

अगली रात मुझे अच्छी नींद नहीं आई। शायद मेरा स्वास्थ्य थोड़ा अस्त-व्यस्त था। मुझे दुविधा और शंका के साथ प्रताड़ित किया गया। एक या दो बार मुझे तीव्र भय की अनुभूति हुई, जिसके लिए मैं कोई निश्चित कारण नहीं समझ सका। मुझे याद है कि महान हॉल में रेंगना याद है, जहां छोटे लोग चांदनी में सो रहे थे - उस रात वीना उनमें से एक थी- और उनकी उपस्थिति से आश्वस्त महसूस कर रही थी। यह मेरे साथ तब भी हुआ था, कि कुछ दिनों के दौरान चंद्रमा को अपनी अंतिम तिमाही से गुजरना चाहिए, और रातें गहरी हो जाती हैं, जब नीचे से इन अप्रिय जीवों की उपस्थिति होती है, तो ये सफेद नींबू, यह नया वर्ममान जो बदल गया था पुराना, अधिक प्रचुर मात्रा में हो सकता है। और इन दोनों दिनों में मेरे मन में एक ऐसी बेचैनी थी जो एक अपरिहार्य कर्तव्य की तरह थी। मुझे लगा कि समय मशीन केवल इन भूमिगत रहस्यों को साहसपूर्वक घुसाने के द्वारा पुनर्प्राप्त किया जाना था। अभी तक मैं रहस्य का सामना नहीं कर सका। अगर केवल मैं एक साथी होता तो अलग होता। लेकिन मैं बहुत बुरी तरह अकेला था, और यहां तक कि कुएं के अंधेरे में गिरकर मुझे याद किया। मुझे नहीं पता कि आप मेरी भावना को समझ पाएंगे, लेकिन मैंने कभी भी अपनी पीठ को सुरक्षित महसूस नहीं किया।

'यह बेचैनी थी, यह असुरक्षा, शायद, इसने मुझे और आगे बढ़ाया और मेरे खोज अभियानों में आगे बढ़ा। बढ़ते देश की ओर दक्षिण-पश्चिम की ओर जाना, जिसे अब कॉम्बे वुड कहा जाता है, मैंने दूर से देखा, उन्नीसवीं शताब्दी के प्रतिबंधों की दिशा में, एक विशाल हरे रंग की संरचना, किसी भी चरित्र में अलग-अलग, जिसे मैंने देखा था। यह मेरे द्वारा ज्ञात महलों या खंडहरों में से सबसे बड़ा था, और मुखौटे का प्राच्य रूप था: इसका चेहरा चमक रहा था, साथ ही साथ पीला-हरा रंग, एक प्रकार का नीला-

हरा, एक निश्चित प्रकार का चीनी मिट्टी के बरतन की। पहलू में इस अंतर ने उपयोग में अंतर का सुझाव दिया, और मुझे धकेलने और तलाशने के लिए दिमाग लगाया गया था। लेकिन दिन देर से बढ़ रहा था, और मैं एक लंबे और थका देने वाले सर्किट के बाद उस जगह को देखने आया था; इसलिए मैंने अगले दिन के लिए साहसिक कार्य करने का संकल्प लिया, और मैं स्वागत करने के लिए वापस आया और छोटी वीणा के दुलारे। लेकिन अगली सुबह मैं स्पष्ट रूप से पर्याप्त था कि हरे चीनी मिट्टी के बरतन के महल के बारे में मेरी जिज्ञासा आत्म-धोखे का एक टुकड़ा थी, मुझे एक और दिन तक, एक अनुभव से डराने के लिए सक्षम करने के लिए। मैंने संकल्प किया कि मैं समय की बर्बादी के बिना वंश को आगे बढ़ाऊंगा, और सुबह-सुबह ग्रेनाइट और एल्यूमीनियम के खंडहरों के पास एक कुएं की ओर निकल पड़ा।

'छोटी वीना मेरे साथ दौड़ी। उसने मेरे पास कुएं के पास नृत्य किया, लेकिन जब उसने मुझे मुंह के बल झुक कर नीचे की ओर देखा, तो वह अजीब तरह से निराश हो गया। "अलविदा, थोड़ा ," मैंने कहा, उसे चुंबन; और फिर उसे नीचे रखकर, मैं चढ़ाई के हुक के लिए पैरापेट पर महसूस करने लगा। जल्दबाजी में, मैं भी कबूल कर सकता हूं, क्योंकि मुझे डर था कि मेरी हिम्मत लीक हो सकती है! पहले तो उसने मुझे विस्मय में देखा। तब उसने सबसे ज्यादा रोना रोया और मेरे पास दौड़ते हुए वह अपने छोटे हाथों से मुझे खींचने लगी। मुझे लगता है कि उसके विरोध ने मुझे आगे बढ़ने के लिए प्रेरित किया। मैं उसे हिलाकर रख दिया, शायद थोड़ा मोटे तौर पर, और एक और क्षण में मैं कुएं के गले में था। मैंने देखा कि उसके चेहरे पर दर्द था, और उसे आश्वस्त करने के लिए मुस्कुराया। तब मुझे अस्थिर हुकों की ओर देखना पड़ा, जिनसे मैं चिपटा हुआ था।

'मुझे शायद दो सौ गज के एक शाफ्ट नीचे चढ़ना पड़ा। कुएं के किनारों से धातु की पट्टियों को प्रक्षेपित करके वंश को प्रभावित किया गया था, और ये अपने आप से बहुत छोटे और हल्के प्राणी की जरूरतों के लिए अनुकूलित थे, मैं तेजी से वंश से तंग और थका हुआ था। और बस थकान नहीं! सलाखों में से एक अचानक मेरे वजन के नीचे झुक गया, और

लगभग मुझे नीचे कालेपन में झूल गया। एक पल के लिए मैं एक हाथ से लटका, और उस अनुभव के बाद मैंने फिर से आराम करने की हिम्मत नहीं की। हालांकि मेरी बाहें और पीठ वर्तमान में बहुत दर्दनाक थे, मैं यथासंभव तेज गति के साथ सरासर वंश के ऊपर चढ़ गया। ऊपर की ओर झांकते हुए, मैंने एपर्चर, एक छोटी नीली डिस्क देखी, जिसमें एक तारा दिखाई दे रहा था, जबकि थोड़ा वेना के सिर को गोल काले प्रक्षेपण के रूप में दिखाया गया था। नीचे एक मशीन की जोरदार आवाज जोर से और अधिक दमनकारी बढ़ी। सब कुछ बचाने के लिए ऊपर कि छोटी सी डिस्क गहरा अंधेरा था, और जब मैंने फिर से देखा तो वीना गायब हो गई थी।

'मैं बेचैनी की हालत में था। मैंने शाफ्ट को फिर से ऊपर जाने की कोशिश करने का कुछ सोचा था, और अंडर-वर्ल्ड को अकेला छोड़ दिया। लेकिन फिर भी जब मैंने अपने दिमाग में यह मोड़ दिया तो मैंने उतरना जारी रखा। अंत में, गहन राहत के साथ, मैंने देखा कि मैं धीरे-धीरे ऊपर आ रहा हूं, मेरे दाहिने ओर एक पैर, दीवार में एक पतला खंभा। अपने आप में झूलते हुए, मैंने पाया कि यह एक संकीर्ण क्षैतिज सुरंग का छिद्र था जिसमें मैं लेट सकता था और आराम कर सकता था। यह बहुत जल्द नहीं था। मेरी बाहों में दर्द हो रहा था, मेरी पीठ में ऐंठन थी, और मैं गिरने के लंबे समय तक आतंक से कांप रहा था। इसके अलावा, अखंड अंधकार का मेरी आंखों पर बहुत बुरा प्रभाव पड़ा। हवा थ्रोब से नीचे थपथपाने वाली मशीनरी के थ्रोब और हम से भरी हुई थी।

'मैं नहीं जानता कि मैं कितनी देर तक लेटा रहा। मैं एक नरम हाथ से मेरे चेहरे को छू रहा था। अंधेरे में शुरू मैं अपने मैचों में छीन लिया और, एक झटके में, मैंने देखा कि तीन खुर सफेद जीवों के समान है जिन्हें मैंने खंडहर में जमीन के ऊपर देखा था, जल्दबाजी में प्रकाश से पहले पीछे हटना। जीवित, जैसा कि उन्होंने किया था, जो मुझे अभेद्य अंधकार में दिखाई दिया, उनकी आंखें असामान्य रूप से बड़ी और संवेदनशील थीं, ठीक उसी तरह जैसे कि रसातल मछलियों की पुतलियां होती हैं, और उन्होंने उसी तरह से प्रकाश को प्रतिबिंबित किया। मुझे कोई संदेह नहीं

है कि वे मुझे उस किरणहीन अस्पष्टता में देख सकते थे, और उन्हें प्रकाश से अलग मुझे कोई डर नहीं लगता था। लेकिन, जैसे ही मैंने उन्हें देखने के लिए एक मैच मारा, वे असंयमित रूप से भाग गए, गायब हो गए अंधेरे गटर और सुरंगों में, जहां से उनकी आँखें मुझे अजीब तरीके से घूरती थीं।

'मैंने उन्हें फोन करने की कोशिश की, लेकिन उनके पास जो भाषा थी, वह जाहिर तौर पर दुनिया भर के लोगों से अलग थी; इसलिए कि मुझे अपने स्वयं के अनजाने प्रयासों के लिए छोड़ दिया गया था, और अन्वेषण से पहले उड़ान के बारे में सोचा तब भी मेरे दिमाग में था। लेकिन मैंने खुद से कहा, "आप अभी इसके लिए हैं," और, सुरंग के किनारे मेरा रास्ता महसूस करते हुए, मैंने पाया कि मशीनरी का शोर जोर से बढ़ रहा है। वर्तमान में दीवारें मुझसे दूर हो गईं, और मैं एक बड़े खुले स्थान पर आ गया, और एक अन्य मैच में, मैंने देखा कि मैंने एक विशाल धनुषाकार गुफा में प्रवेश किया था, जो मेरी रोशनी की सीमा से परे पूरी तरह से अंधेरे में फैला था। मेरे पास यह दृश्य उतना ही था जितना एक मैच के जलने में देखा जा सकता है।

'जरूरी है कि मेरी स्मृति अस्पष्ट है। बड़ी मशीनों जैसी महान आकृतियाँ धुंधलेपन से बाहर निकलीं, और काले रंग की काली छाया पड़ी, जिसमें मंद वर्णक्रमीय गतिरोधों ने चकाचौंध से बच गए। जगह, के द्वारा, बहुत ही विनीत और दमनकारी था, और हौसले से बहाए गए रक्त की बेहोश हवा में था। केंद्रीय विस्टा के नीचे किसी तरह सफेद धातु की एक छोटी सी मेज थी, जिसे भोजन के साथ रखा गया था। किसी भी दर पर गतिरोध मांसाहारी थे! उस समय भी, मैं सोच रहा था कि जो बड़ा जानवर लाल जोड़ को देखा था उसे बचाने के लिए क्या हो सकता है। यह सब बहुत ही अभद्र था: भारी गंध, बड़ी-बड़ी अदम्य आकृतियाँ, छाया में छिपी अश्लील आकृतियाँ, और केवल फिर से मेरे पास आने के लिए अंधेरे का इंतज़ार कर रही थी! तब मैच जल गया, और मेरी उंगलियां चटक गईं, और गिर गया, कालापन में एक लाल रंग का धब्बा।

'मैंने सोचा है कि इस तरह के अनुभव के लिए मैं विशेष रूप से बीमार कैसे था। जब मैंने टाइम मशीन के साथ शुरुआत की थी, तब मैंने बेतुकी धारणा के साथ शुरुआत की थी कि भविष्य के पुरुष अपने सभी उपकरणों में निश्चित रूप से खुद से आगे होंगे। मैं बिना हथियारों के, बिना दवा के, बिना धुंए के आया था - कभी-कभी मैं डरते हुए तम्बाकू से चूक जाता था - यहाँ तक कि बिना पर्याप्त मिलान के। अगर केवल मैं एक कोड़ाक के बारे में सोचता था! मैं एक सेकंड में अंडरवर्ल्ड की झलक देख सकता था, और इत्मीनान से इसकी जाँच की। लेकिन, जैसा भी था, मैं वहाँ केवल हथियारों और शक्तियों के साथ खड़ा था, जो प्रकृति ने मुझे हाथ, पैर, और दांतों के साथ संपन्न किया था; ये, और चार सुरक्षा-मैच जो अभी भी मेरे पास बने हुए थे।

'मुझे अंधेरे में इस सभी मशीनरी के बीच अपना रास्ता धक्का देने से डर लगता था, और यह मेरे प्रकाश की आखिरी झलक के साथ ही मुझे पता चला था कि मेरे मैचों की दुकान कम चल रही थी। यह उस क्षण तक मेरे साथ कभी नहीं हुआ था कि उन्हें आर्थिक रूप से मजबूत करने की कोई आवश्यकता थी, और मैंने ऊपरी दुनिया के लोगों को चकित करने के लिए लगभग आधा बॉक्स बर्बाद कर दिया था, जिनके लिए आग एक नवीनता थी। अब, जैसा कि मैं कहता हूं, मेरे पास चार बचे थे, और जब मैं अंधेरे में खड़ा था, तो एक हाथ ने मेरा स्पर्श किया, लंक उंगलियां मेरे चेहरे पर महसूस हुईं, और मैं एक अजीब अप्रिय गंध का समझदार था। मैंने सोचा कि मैंने उन खूंखार छोटे जीवों की भीड़ के बारे में सुना है। मुझे लगा कि मेरे हाथ में माचिस की डिब्बी धीरे-धीरे छिटक रही है, और मेरे पीछे दूसरे हाथ मेरे कपड़ों पर पड़े हैं। मेरी जाँच करने वाले इन अनदेखे जीवों की समझ अनिश्चित रूप से अप्रिय थी। उनके सोचने और करने के तरीके के बारे में मेरी अज्ञानता का अचानक अहसास मेरे लिए बहुत ही अंधेरे में घर कर गया। मैं उन पर चिल्लाया जैसे मैं कर सकता था। वे दूर जाने लगे, और फिर मैं उन्हें महसूस कर सकता था कि वे फिर से मुझसे संपर्क करेंगे। वे मुझ पर और अधिक निर्भीकता से चढ़े, एक दूसरे को अजीब सी आवाज़ें सुनाई दीं। मैं हिंसक रूप से कांप गया, और फिर से चिल्लाया - बल्कि अप्रिय रूप से। इस बार वे इतनी गंभीर रूप से घबराए

हुए नहीं थे, और उन्होंने मेरे पीछे आते ही एक हंसी का शोर मचा दिया। मैं कबूल करूँगा कि मैं बुरी तरह से डर गया था। मैंने एक और मैच पर हमला करने और अपनी चकाचौंध के संरक्षण में भागने की ठानी। मैंने ऐसा किया, और मेरी जेब से कागज के एक स्क्रैप के साथ झिलमिलाहट को बाहर निकालते हुए, मैंने संकीर्ण सुरंग के लिए अपनी वापसी को अच्छा बनाया। लेकिन मुझे इस बात का डर था कि जब मेरी रोशनी खत्म हो गई थी और कालेपन में मैं पत्तों के बीच हवा की तरह रुकावट सुन सकता था, और बारिश की तरह थपथपाता था, जैसा कि वे मेरे बाद जल्दी करते थे।

'एक पल में मुझे कई हाथों से जकड़ लिया गया था, और कोई गलती नहीं थी कि वे मुझे वापस मारने की कोशिश कर रहे थे। मैं एक और प्रकाश मारा, और यह उनके चमकदार चेहरे में लहराया। आप अंदाजा लगा सकते हैं कि वे कितने अमानवीय दिख रहे थे - वे चंचल, बिना चेहरे वाले और महान, निडर, गुलाबी-भूरे रंग की आँखें! लेकिन मैं देखने के लिए नहीं रहता था, मैं तुमसे वादा करता हूं: मैं फिर से पीछे हट गया, और जब मेरा दूसरा मैच समाप्त हो गया, तो मैंने अपना तीसरा मारा। जब मैं शाफ्ट में खुलने के करीब पहुंचता था, तब तक यह लगभग जल चुका था। मैं किनारे पर लेट गया, नीचे महान पंप के थ्रोब के लिए मुझे गड्ढा बना दिया। तब मुझे प्रोजेक्टिंग हुक के लिए बग़ल में महसूस हुआ, और, जैसा कि मैंने ऐसा किया था, मेरे पैरों को पीछे से पकड़ लिया गया था, और मैं हिंसक रूप से पिछड़े हुए थे। मैंने अपना आखिरी मैच जलाया ... और यह असंयमित रूप से बाहर चला गया। लेकिन अब मेरा हाथ चढ़ाई की सलाखों पर था, और हिंसक रूप से लात मारते हुए, मैंने खुद को मोरलॉक्स के चंगुल से छुड़ाया और तेजी से शाफ्ट पर चढ़ गया, जबकि वे मेरे साथ सहकर्मी और पलक झपकते रहे, लेकिन उसके बाद जो कुछ हुआ, वह बहुत बुरा हुआ मुझे किसी तरह से, और अच्छी तरह से ने ट्रॉफी के रूप में मेरा बूट सुरक्षित कर लिया।

'वह चढ़ाई मुझे अंतर्मन से बहुत अच्छी लगती थी। पिछले बीस या तीस फीट के साथ मुझ पर एक घातक मतली आ गई। मुझे अपनी पकड़

बनाए रखने में सबसे बड़ी कठिनाई थी। पिछले कुछ गज इस बेहोशी के खिलाफ एक संघर्षपूर्ण संघर्ष था। कई बार मेरा सिर घूम गया, और मुझे गिरने की सारी अनुभूति हुई। अंत में, हालांकि, मैं किसी भी तरह से अच्छी तरह से मुंह पर चढ़ गया, और खंडहर से बाहर निकलते हुए तेज धूप में निकल गया। मैं अपने चेहरे पर गिर गया। यहां तक कि मिट्टी भी मीठी और साफ होती है। तो मैं अपने हाथ और कान, और एलोई के बीच अन्य लोगों की आवाज़ों चुंबन याद है। तब, एक समय के लिए, मैं असंवेदनशील था।

सातवीं

'अब, वास्तव में, मैं पहले से भी बदतर मामले में लग रहा था। समय की मशीन के नुकसान पर मेरी रात की पीड़ा के अलावा, मैंने अंतिम बच निकलने की उम्मीद महसूस की थी, लेकिन उस आशा को इन नई खोजों ने चौंका दिया था। ने केवल छोटे लोगों की बचकानी सादगी से, और कुछ अज्ञात ताकतों द्वारा, जो मुझे केवल समझने के लिए समझना था, द्वारा खुद को थोपा था; लेकिन मॉरलॉक्स की बीमारी की गुणवत्ता में पूरी तरह से एक नया तत्व था- कुछ अमानवीय और निंदनीय। सहज रूप से मैंने उन्हें घृणा की। इससे पहले, मैंने महसूस किया था कि एक आदमी महसूस कर सकता है जो एक गड्ढे में गिर गया था: मेरी चिंता गड्ढे से थी और इससे कैसे निकला जाए। अब मुझे एक जाल में एक जानवर की तरह लगा, जिसका दुश्मन जल्द ही उस पर आ जाएगा।

'दुश्मन मैं खूंखार तुम्हें आश्चर्यचकित कर सकता है। यह अमावस्या का अंधेरा था। वेना ने अंधेरी रात के बारे में पहली बार समझ से बाहर की टिप्पणी में इसे मेरे सिर में डाल दिया था। अब यह अनुमान लगाना बहुत कठिन समस्या नहीं थी कि आने वाली अंधेरी रातों का क्या मतलब हो सकता है। चाँद बर्बाद हो गया था: प्रत्येक रात अंधेरे का एक लंबा अंतराल था। और मैं अब कुछ मामूली डिग्री के लिए समझ गया कम से कम अंधेरे के लिए ऊपरी दुनिया के लोगों के डर का कारण। मुझे आश्चर्य है कि क्या बेईमानी खलनायक यह हो सकता है कि नए चाँद के तहत किया था। मुझे अब पूरा यकीन था कि मेरी दूसरी परिकल्पना गलत थी।

ऊपरी दुनिया के लोग एक बार पसंदीदा अभिजात वर्ग हो सकते हैं, और उनके यांत्रिक नौकरों को झुंड देते हैं: लेकिन वह लंबे समय से गुजर चुके थे। मनुष्य के विकास से उत्पन्न दो प्रजातियां नीचे की ओर खिसक रही थीं, या पहले से ही एक नए रिश्ते में आ चुकी थीं। एलोई, कैरलिंगियन राजाओं की तरह, केवल एक सुंदर निरर्थकता का क्षय हुआ था। वे अभी भी पीड़ित धरती पर हैं: चूंकि असंख्य पीढ़ियों के लिए मोरलक्स, सबट्रेनियन, दिन के समय सतह पर असहनीय खोज करने के लिए आए थे। और मोरलॉक्स ने अपने कपड़ों को बनाया, मैंने उनकी आदतों को ध्यान में रखते हुए, उनकी सेवा की एक पुरानी आदत से बच कर उन्हें बनाए रखा। उन्होंने इसे अपने पैर के साथ खड़े घोड़े के पंजे के रूप में किया, या जैसा कि एक आदमी खेल में जानवरों को मारने का आनंद लेता है: क्योंकि प्राचीन और दिवंगत आवश्यकताओं ने इसे जीव पर प्रभावित किया था। लेकिन, स्पष्ट रूप से, पुराना आदेश पहले से ही उलट था। नाजुक लोगों की दासता एपास पर रेंग रही थी। सदियों पहले, हजारों पीढ़ियों पहले, आदमी ने अपने भाई को आसानी और धूप से बाहर निकाल दिया था। और अब भाई वापस आ रहा था बदल गया! पहले से ही एलोई ने एक पुराना सबक सीखना शुरू कर दिया था। वे भय से फिर से परिचित हो रहे थे। और अचानक मेरे सिर में मांस की स्मृति आ गई जिसे मैंने अंडर-वर्ल्ड में देखा था। यह बहुत अजीब लग रहा था कि यह मेरे दिमाग में कैसे घुसा: मेरी भावनाओं के प्रवाह से नहीं, बल्कि बाहर से प्रश्न की तरह लगभग आ रहा था। मैंने इसका रूप याद करने की कोशिश की। मेरे पास कुछ जानी पहचानी भावना थी, लेकिन मैं यह नहीं बता सकता था कि यह उस समय क्या था।

'फिर भी, हालांकि अपने रहस्यमय भय की उपस्थिति में छोटे लोगों को असहाय किया, मैं अलग तरह से गठित किया गया था। मैं इस युग से बाहर आया था, यह मानव जाति का प्रमुख था, जब भय पंगु नहीं हुआ और रहस्य ने इन क्षेत्रों को खो दिया। मैं कम से कम अपना बचाव करता। आगे की देरी के बिना मैंने अपने आप को हथियार बनाने के लिए निर्धारित किया और एक तेज़ी जहाँ मैं सो सकता था। एक आधार के रूप में उस आश्रय के साथ, मैं इस अजीब दुनिया का सामना कर सकता हूं

जिसमें से कुछ आत्मविश्वास के साथ मैं यह जान गया था कि रात को कौन-से जीव रात-रात में उजागर होते हैं। मुझे लगा कि जब तक मेरा बिस्तर उनसे सुरक्षित नहीं हो जाता, तब तक मैं फिर कभी नहीं सो सकता। मैं यह सोचकर बुरी तरह से कांप गया कि उन्होंने पहले ही मेरी परीक्षा कैसे ली होगी।

'मैं दोपहर के दौरान टेम्स की घाटी के साथ घूमता था, लेकिन ऐसा कुछ भी नहीं मिला जो मेरे दिमाग में खुद को दुर्गम के रूप में सराहता हो। सभी इमारतों और पेड़ों को इस तरह के निपुण पर्वतारोहियों के लिए आसानी से व्यावहारिक लग रहा था, जैसे कि उनके कुओं द्वारा न्याय करना, होना चाहिए। फिर हरे चीनी मिट्टी के महल और उसकी दीवारों के पॉलिश की लंबी चिनार मेरी स्मृति में वापस आ गई; और शाम को, मेरे कंधे पर एक बच्चे की तरह वीना लेकर मैं दक्षिण-पश्चिम की ओर पहाड़ियों पर गया। दूरी, मुझे लगता है, सात या आठ मील की दूरी पर था, लेकिन यह करीब अठारह रहा होगा। मैंने पहली बार एक नम दोपहर पर जगह देखी थी जब दूरियां कम हो जाती हैं। इसके अलावा, मेरे एक जूते की एड़ी ढीली थी, और एकमात्र के माध्यम से एक कील काम कर रही थी - वे आरामदायक पुराने जूते थे जो मैंने घर के अंदर पहने थे - ताकि मैं लंगड़ा हो। और यह पहले से ही लंबे समय तक सूर्यास्त था जब मैं महल की दृष्टि में आया था, आकाश के हल्के पीले रंग के खिलाफ काले सिल्हूट।

जब हम उसे ले जाने लगे तो वेना बेहद खुश हो गई, लेकिन थोड़ी देर बाद उसने चाहा कि मैं उसे नीचे जाने दूं, और मेरे साथ-साथ भागे, कभी-कभी तो मेरी जेब में चिपकाने के लिए फूलों को लेने के लिए दोनों हाथों से डार्टिंग करता था। मेरी जेबों ने हमेशा से ही वेना को गुदगुदाया था, लेकिन आखिर में उसने निष्कर्ष निकाला था कि वे फूलों की सजावट के लिए एक विलक्षण किस्म के फूलदान थे। कम से कम उसने उस उद्देश्य के लिए उनका उपयोग किया। और जो मुझे याद दिलाता है! मेरी जैकेट बदलने में मुझे पता चला ... '

जिस समय यात्री रुका, उसने अपनी जेब में हाथ डाला और चुपचाप दो बड़े फूलों को रख दिया, न कि बहुत बड़ी सफेद मैलोव्स के विपरीत, छोटी मेज पर। फिर उन्होंने अपनी कथा फिर से शुरू की।

'जब दुनिया पर शाम का खुमार चढ़ गया और हम पहाड़ी की चोटी पर विंबलडन की ओर बढ़े, वीना थक गई और ग्रे स्टोन के घर लौटना चाहती थी। लेकिन मैंने उसे हरे रंग के चीनी मिट्टी के महल के दूर के शिखर को इंगित किया, और उसे यह समझने के लिए प्रयास किया कि हम उसके डर से वहाँ शरण ले रहे हैं। आपको पता है कि शाम होने से पहले चीजों पर बहुत अच्छा विराम लगता है? यहां तक कि पेड़ों में हवा भी रुक जाती है। मेरे लिए वहाँ हमेशा शाम की शांति के बारे में उम्मीद की एक हवा है। आकाश सूर्यास्त में कुछ क्षैतिज पट्टियों के लिए स्पष्ट, दूरस्थ और खाली बचा था। खैर, उस रात उम्मीद ने मेरे डर का रंग ले लिया। उस अंधेरे में मेरी इंद्रियाँ शांत रूप से तेज हो रही थीं। मुझे लगता है कि मैं अपने पैरों के नीचे की जमीन का खोखलापन भी महसूस कर सकता था: वास्तव में, लगभग इसके माध्यम से देख सकते हैं कि उनके हिल-हिल पर मोरलोक यहाँ तक जा रहे थे और अंधेरे की प्रतीक्षा कर रहे थे। मेरे उत्साह में मुझे विश्वास हो गया कि वे युद्ध की घोषणा के रूप में अपनी बूर पर मेरा आक्रमण प्राप्त करेंगे। और उन्होंने मेरा टाइम मशीन क्यों लिया?

'इसलिए हम चुपचाप चले गए, और रात में धुंधलका गहरा गया। दूरी का स्पष्ट नीला फीका हो गया, और एक के बाद एक सितारे बाहर निकल आए। जमीन धुंधली हो गई और पेड़ काले पड़ गए। वीना का डर और उसकी थकान उस पर बढ़ गई। मैंने उसे अपनी बाहों में लिया और उससे बात की और उसे सहलाया। फिर, जैसे-जैसे अंधेरा गहराता गया, उसने अपनी बाहें मेरी गर्दन पर रख दीं, और अपनी आँखें बंद करके, अपना चेहरा कसकर मेरे कंधे पर रख दिया। इसलिए हम एक घाटी में एक लंबी ढलान पर चले गए, और वहाँ की मंदता में मैं लगभग एक छोटी नदी में चला गया। यह मैं जाग गया, और घाटी के विपरीत दिशा में चला गया, कई सोने के घरों, और एक प्रतिमा से - एक जीव, या कुछ ऐसी

आकृति, सिर माइनस । यहाँ भी बबूल थे। अब तक मैंने कुछ भी नहीं देखा था, लेकिन यह अभी तक रात में जल्दी था, और पुराने चाँद उगने से पहले के गहरे घंटे अभी बाकी थे।

'अगली पहाड़ी के माथे से मैंने देखा कि एक मोटी लकड़ी फैली हुई थी और मेरे सामने काली थी। मुझे इस पर संकोच हुआ। मैं इसका कोई अंत नहीं देख सकता था, या तो दाएं या बाएं। थका हुआ महसूस करना - मेरे पैर, विशेष रूप से, बहुत पीड़ादायक थे - मैंने सावधानी से वेना को अपने कंधे से उतारा जैसा कि मैं रुका था, और टर्फ पर बैठ गया। मैं अब हरे चीनी मिट्टी के महल को नहीं देख सकता था, और मुझे अपनी दिशा पर संदेह था। मैंने लकड़ी की मोटाई में देखा और सोचा कि यह क्या छिपा सकता है। शाखाओं की उस घनी झंझट के नीचे सितारों की दृष्टि से बाहर हो जाएगा। यहां तक कि कोई अन्य खतरे में नहीं थे - एक खतरा जिसकी मैंने अपनी कल्पना को ढीली नहीं होने दिया - वहां अभी भी सभी जड़ें उखड़ने लगी हैं और पेड़-बल्लियों के खिलाफ हड़ताल करने के लिए।

'मैं बहुत थका हुआ था, दिन की उत्तेजना के बाद भी; इसलिए मैंने फैसला किया कि मैं इसका सामना नहीं करूंगा, लेकिन रात खुली पहाड़ी पर गुजारूंगा।

'वीना, मुझे खुशी हुई, मैं जल्दी सो गया। मैंने ध्यान से उसे अपनी जैकेट में लपेटा, और उसके पास बैठकर चन्द्रोदय की प्रतीक्षा करने लगा। पहाड़ी का किनारा शांत और निर्जन था, लेकिन लकड़ी के काले रंग से अब और फिर जीवित चीजों की हलचल शुरू हुई। मेरे ऊपर तारे चमक गए, क्योंकि रात बहुत साफ थी। मुझे उनके सांवलेपन में एक अनुकूल सुकून का अहसास हुआ। सभी पुराने तारामंडल आकाश से चले गए थे, हालांकि: वह धीमी गति जो कि एक सौ मानव जन्मों में अपरिहार्य है, उन्हें लंबे समय से अपरिचित समूहों में पुनर्व्यवस्थित किया गया था। लेकिन दूधिया रास्ता, यह मुझे लग रहा था, अभी भी स्टार के रूप में वही धूल का छींटा था जो योर जैसा था। दक्षिण की ओर (जैसा कि मैंने इसे आंका) एक बहुत ही चमकदार लाल तारा था जो मेरे लिए नया था; यह हमारे अपने

हरे रंग के सीरियस से भी अधिक शानदार था। और प्रकाश के इन सभी शानदार बिंदुओं के बीच एक चमकीला ग्रह चमकता है और एक पुराने दोस्त के चेहरे की तरह तेजी से चमकता है।

'इन सितारों को देखकर अचानक मेरी खुद की परेशानियां और स्थलीय जीवन के सभी नुकसान हो गए। मैं उनकी अथाह दूरी के बारे में सोचता था, और अज्ञात भविष्य में अज्ञात अतीत से उनके आंदोलनों का धीमा अपरिहार्य बहाव। मैंने पृथ्वी के ध्रुव का वर्णन करने वाले महान पूर्वचक्र के बारे में सोचा। केवल चालीस बार यह था कि सभी वर्षों के दौरान मूक क्रांति हुई थी जो मैंने छोड़ी थी। और इन कुछ क्रांतियों के दौरान सभी गतिविधि, सभी परंपराएं, जटिल संगठन, राष्ट्र, भाषाएं, साहित्य, आकांक्षाएं, यहां तक कि मनुष्य की स्मृति जिसे मैं उसे जानता था, अस्तित्व से बाहर हो गया था। इसके बजाय ये क्रूर जीव थे जो अपने उच्च वंश को भूल गए थे, और जिन सफेद चीजों से मैं आतंक में चला गया था। तब मुझे लगा कि दोनों प्रजातियों के बीच बहुत डर है, और पहली बार, अचानक कंपकंपी के साथ, मुझे इस बात का स्पष्ट ज्ञान हो गया था कि जो मांस मैंने देखा था वह हो सकता है। अभी तक यह बहुत भयानक था! मैंने देखा कि छोटी वीना मेरे पास सो रही है, उसका चेहरा सफ़ेद और तारों के नीचे सटा हुआ है, और आगे ने विचार को खारिज कर दिया।

'उस लंबी रात के दौरान मैंने अपने दिमाग को मोरलॉक्स के साथ-साथ अपने दिमाग से निकाल दिया, और फैंस की कोशिश से समय को दूर कर दिया और मुझे नई उलझन में पुराने नक्षत्रों के संकेत मिल सकते थे। आकाश बहुत साफ रखा, एक धुंधला बादल या तो को छोड़कर। कोई शक नहीं कि मैं कई बार दर्जन भर। फिर, जैसा कि मेरी सजगता थी, पूर्वी आकाश में कुछ रंगहीन अग्नि के प्रतिबिंब की तरह एक बेहोशी आ गई, और पुराने चंद्रमा गुलाब, पतले और शिखर और सफेद हो गए। और पीछे पीछे, और इसे ओवरटेक करके, और इसे ओवरफ्लो करते हुए, सुबह आ गई, सबसे पहले पीला, और फिर गुलाबी और गर्म हो जाना। किसी भी व्यक्ति ने हमसे संपर्क नहीं किया। वास्तव में, मैंने उस रात पहाड़ी पर कोई नहीं देखा था। और नए दिन के विश्वास में यह लगभग

मुझे लग रहा था कि मेरा डर अनुचित था। मैं खड़ा था और टखने पर ढीली एड़ी के साथ अपना पैर पाया और एड़ी के नीचे दर्दनाक; इसलिए मैं फिर से बैठ गया, मेरे जूते उतार दिए, और उन्हें दूर फेंक दिया।

'मैंने वेना को जगाया, और हम लकड़ी में चले गए, अब काले और निषिद्ध के बजाय हरा और सुखद था। हमने अपने उपवास को तोड़ने के लिए कुछ फल पाया। हम जल्द ही अन्य लोगों से मिले, धूप में हँसते और नाचते हुए जैसे कि प्रकृति में रात जैसी कोई चीज नहीं थी। और फिर मैंने एक बार और मांस के बारे में सोचा जो मैंने देखा था। मैंने महसूस किया कि अब यह क्या है, और मेरे दिल के नीचे से मुझे लगता है कि मानवता की महान बाढ़ से यह अंतिम कमजोर पड़ गया है। स्पष्ट रूप से, मानव क्षय के लंबे समय से पहले कुछ समय में मोरलॉक्स भोजन कम चला था। संभवतः वे चूहों और इस तरह के वर्मिन पर रहते थे। अब भी मनुष्य अपने भोजन में जितना भेदभाव करता है, उससे कहीं कम विवेकशील और अनन्य है। इंसानी मांस के खिलाफ उनका पूर्वाग्रह कोई गहरी बात नहीं है। और इसलिए पुरुषों के ये अमानवीय बेटे-! मैंने इस बात को वैज्ञानिक भावना से देखने की कोशिश की। आखिरकार, वे तीन या चार हजार साल पहले हमारे नरभक्षी पूर्वजों की तुलना में कम मानवीय और अधिक दूरस्थ थे। और जिस बुद्धिमत्ता ने इस अवस्था को एक तड़प बना दिया था। मुझे खुद को क्यों परेशान करना चाहिए? ये एलोई महज पालतू मवेशी थे, जिन्हें चींटी की तरह के झुंड संरक्षित करते थे और शिकार करते थे - शायद प्रजनन के लिए देखा गया था। और मेरी तरफ से वीना नाच रही थी!

'तब मैंने अपने आप को उस डरावनी घटना से बचाने की कोशिश की, जो मानवीय स्वार्थ की कठोर सजा के रूप में थी। मनुष्य अपने साथी के मजदूरों पर सहजता और प्रसन्नता से रहने के लिए संतुष्ट था, अपने पहरेदार और बहाने के रूप में आवश्यकता को ले लिया था, और समय की पूर्णता में आवश्यकता उसके घर आ गई थी। मैं भी क्षय में इस मनहूस अभिजात वर्ग के एक कार्लाइल की तरह की कोशिश की लेकिन मन का यह रवैया असंभव था। हालाँकि, उनकी बौद्धिक अवनति के

कारण, एलोई ने मेरी सहानुभूति का दावा नहीं करने और मुझे उनके पतन और उनके डर में एक हिस्सेदार बनाने के लिए बहुत अधिक मानवीय रूप रखा था।

'उस समय मेरे पास बहुत अस्पष्ट विचार थे जैसे कि मुझे आगे बढ़ना चाहिए। मेरी पहली शरण के कुछ सुरक्षित स्थान को सुरक्षित करने के लिए थी, और अपने आप को धातु या पत्थर के ऐसे हथियार बनाने के लिए, जैसा कि मैं काम कर सकता था। वह आवश्यकता तत्काल थी। अगले स्थान पर, मुझे उम्मीद है कि मैं आग के कुछ साधनों की खरीद करूंगा, ताकि मेरे पास हाथ में एक मशाल का हथियार होना चाहिए, क्योंकि मुझे कुछ भी नहीं पता था, इन मोर्चों के खिलाफ अधिक कुशल होगा। तब मैं सफेद स्फिंक्स के नीचे कांस्य के दरवाजे खोलने के लिए कुछ विरोधाभास की व्यवस्था करना चाहता था। मैं मन में एक पीटने राम था। मेरे पास एक अनुनय था कि अगर मैं उन दरवाजों में प्रवेश कर सकता हूं और मेरे सामने प्रकाश का एक झोंका ले जाऊं तो मुझे टाइम मशीन की खोज करनी चाहिए और बच निकलना चाहिए। मैं सोच भी नहीं सकता था कि इतने दूर तक ले जाने के लिए मोरलॉक काफी मजबूत थे। वीना मैंने अपने समय पर अपने साथ लाने का संकल्प लिया था। और मेरे दिमाग में ऐसी योजनाओं को मोड़ते हुए मैंने उस इमारत की ओर अपना रास्ता अपनाया जिसे मेरे फैंस ने हमारे आवास के रूप में चुना था।

आठवीं

'मुझे हरे रंग के चीनी मिट्टी के महल मिले, जब हमने इसे दोपहर के बारे में संपर्क किया, सुनसान और बर्बाद हो गया। इसकी खिड़कियों में केवल कांच की चीर-फाड़ ही रह गई थी, और हरे रंग की बड़ी चादरें धातु के ढांचे से दूर गिर गईं थीं। यह बहुत ऊँचे नीचे लेट गया, और उत्तर-पूर्व की ओर देखने से पहले मैंने इसमें प्रवेश किया, मैं एक बड़े मुहाना, या यहां तक कि नाले को देखकर आश्चर्यचकित था, जहाँ मैंने वंड्सवर्थ और बटेसरीया को एक बार देखा होगा। मैंने तब सोचा था - हालाँकि मैंने कभी

इस विचार का पालन नहीं किया है - क्या हो सकता है, या समुद्र में रहने वाली चीजों के लिए हो सकता है।

'महल की सामग्री वास्तव में चीनी मिट्टी के बरतन की जांच में साबित हुई, और इसके चेहरे के साथ मैंने कुछ अज्ञात चरित्र में एक शिलालेख देखा। मैंने सोचा, बल्कि मूर्खतापूर्ण, कि वीणा शायद मुझे यह समझाने में मदद करे, लेकिन मैंने केवल यह सीखा कि लिखने का नंगे विचार कभी उसके सिर में नहीं आया था। वह हमेशा मुझे लगता था, मैं कल्पना करता था, वह जितना अधिक मानवीय था, शायद इसलिए कि उसका स्नेह इतना मानवीय था।

'दरवाजे के बड़े वाल्वों के भीतर-जो खुले और टूटे हुए थे- हमें मिला, प्रथागत हॉल के बजाय, एक लंबी गैलरी जो एक तरफ की खिड़कियों से जलाई गई थी। पहली नज़र में मुझे एक संग्रहालय की याद आई। टाइल वाली मंजिल धूल से मोटी थी, और एक ही ग्रे कवरिंग में विविध वस्तुओं का एक उल्लेखनीय सरणी डूबा हुआ था। फिर मैंने माना, हॉल के केंद्र में अजीब और खामोश खड़ा था, जो स्पष्ट रूप से एक विशाल कंकाल का निचला हिस्सा था। मैंने तिरछे पैरों से पहचाना कि यह मेगथैरियम के फैशन के बाद कुछ विलुप्त प्राणी था। खोपड़ी और ऊपरी हड्डियाँ घनी धूल में उसके बगल में पड़ी थीं, और एक जगह, जहाँ बारिश का पानी छत में एक रिसाव से गिरा था, वह चीज़ खुद खराब हो गई थी। गैलरी में आगे एक ब्रोंस्टोसॉरस का विशाल कंकाल बैरल था। मेरी संग्रहालय परिकल्पना की पुष्टि हुई। जिस तरफ मैं जा रहा था, मैंने ढलान वाली अलमारियों को देखा, और मोटी धूल को हटाते हुए पाया, मुझे अपने समय के पुराने परिचित कांच के मामले मिले। लेकिन वे अपनी कुछ सामग्रियों के उचित संरक्षण से न्याय करने के लिए एयर-टाइट हो गए होंगे।

'स्पष्ट रूप से हम कुछ बाद के दिन दक्षिण केंसिंग्टन के खंडहरों के बीच खड़े थे! यहाँ, जाहिरा तौर पर, पुरातनपंथी धारा थी, और जीवाश्मों का एक बहुत ही शानदार व्यूह, यह रहा होगा, हालांकि क्षय की अपरिहार्य

प्रक्रिया जो एक समय के लिए बंद कर दी गई थी, और बैक्टीरिया और कवक के विलुप्त होने के माध्यम से, नब्बे को खो दिया था इसके बल के नौ सौवें हिस्से में, फिर भी अतिशयता के साथ अगर अपने सभी खजाने पर फिर से काम में अत्यधिक सुस्ती के साथ। इधर और उधर मुझे छोटे-छोटे लोगों के निशान मिले जो दुर्लभ जीवाश्मों के आकार में टूटे हुए थे या नरकट के तार में पिरोए हुए थे। और मामलों में कुछ उदाहरणों को शारीरिक रूप से हटा दिया गया था - जैसा कि मैंने न्याय किया था। वह जगह बहुत खामोश थी। मोटी धूल हमारे कदमों को चूम गई। वेना, जो एक मामले के झुके हुए गिलास को नीचे गिराती हुई एक समुद्री मूत्र को लुढ़का रही थी, वर्तमान में, जैसा कि मैंने मेरे बारे में देखा, और बहुत चुपचाप मेरा हाथ पकड़कर मेरे पास खड़ी हो गई।

'और पहली बार में मैं एक बौद्धिक युग के इस प्राचीन स्मारक से इतना अधिक आश्चर्यचकित था, कि मैंने इसे प्रस्तुत करने की संभावनाओं के बारे में सोचा नहीं था। यहां तक कि टाइम मशीन के बारे में मेरा पूर्वाग्रह मेरे दिमाग से थोड़ा हटकर था।

'जगह के आकार से न्याय करने के लिए, हरे रंग के चीनी मिट्टी के बरतन के इस महल में पैलियोन्टोलॉजी की गैलरी की तुलना में बहुत अधिक था; संभवतः ऐतिहासिक दीर्घाएँ; यह एक पुस्तकालय भी हो सकता है! मेरे लिए, कम से कम मेरी वर्तमान परिस्थितियों में, ये क्षय में पुराने समय के भूविज्ञान के इस तमाशे की तुलना में अधिक दिलचस्प होंगे। खोज करने पर, मुझे पहली बार ट्रांसवर्सली चल रही एक और लघु गैलरी मिली। यह खनिजों के लिए समर्पित प्रतीत होता है, और सल्फर के एक ब्लॉक की दृष्टि ने मेरा मन बारूद पर चल रहा है। लेकिन मुझे कोई नमक नहीं मिला; वास्तव में, किसी भी प्रकार का कोई नाइट्रेट्स नहीं। निस्संदेह उनके पास पहले से ही भ्रम था। फिर भी सल्फर मेरे दिमाग में लटका रहा, और सोच की एक ट्रेन खड़ी की। उस गैलरी की बाकी सामग्री के लिए, हालांकि पूरे पर वे मेरे द्वारा देखे गए सबसे अच्छे संरक्षित थे, मुझे बहुत कम रुचि थी। मैं मिनरलॉजी का कोई विशेषज्ञ नहीं हूं, और मैं पहले हॉल के समानांतर एक बहुत ही खंडहर गलियारे में चला गया था जहां मैं

प्रवेश किया था। स्पष्ट रूप से यह खंड प्राकृतिक इतिहास के लिए समर्पित था, लेकिन सब कुछ लंबे समय से मान्यता से बाहर था। जो कुछ एक बार भरवां जानवर था, उसके कुछ सिकुड़े हुए और काले हुए वेस्टेज, जार में उड़े हुए ममीज, जो एक बार आत्मा के पास थे, दिवंगत पौधों की एक भूरी धूल: यह सब था! मुझे इसके लिए खेद था, क्योंकि मुझे पेटेंट के उन अपराधों का पता लगाने में खुशी होनी चाहिए जिनके द्वारा एनिमेटेड प्रकृति की विजय प्राप्त की गई थी। उसके बाद हम बस कोलोसल अनुपातों की एक गैलरी में आए, लेकिन विलक्षण रूप से बीमार, इसकी मंजिल एक छोटे से कोण पर नीचे की ओर चल रही थी, जिस पर मैंने प्रवेश किया था। अंतराल पर सफेद ग्लोब को छत से लटका दिया गया था - उनमें से कई टूट गए और टूट गए - जिससे पता चला कि मूल रूप से जगह कृत्रिम रूप से बंद हो गई थी। यहाँ मैं अपने तत्व में अधिक था, मेरे दोनों तरफ बढ़ने के लिए बड़ी मशीनों के बड़े बल्ब थे, सभी बहुत ही उभरे हुए थे और कई टूट गए थे, लेकिन कुछ अभी भी पूरी तरह से पूर्ण नहीं थे। तुम्हें पता है कि मैं तंत्र के लिए एक निश्चित कमजोरी है, और मैं इन के बीच में झुकाव के लिए इच्छुक था; सबसे अधिक के रूप में वे सबसे अधिक के लिए पहेली की रुचि थी, और मैं केवल अस्पष्ट अनुमान लगा सकता था कि वे किस लिए थे। मुझे लगता है कि अगर मैं उनकी पहेलियों को हल कर सकता हूं तो मुझे खुद को उन शक्तियों के कब्जे में ले लेना चाहिए जो मोलॉक्स के खिलाफ इस्तेमाल हो सकती हैं।

'अचानक वीना मेरी तरफ बहुत करीब आ गई। इसलिए अचानक उसने मुझे चौंका दिया। क्या यह उसके लिए नहीं था, मुझे नहीं लगता कि मुझे इस बात पर ध्यान देना चाहिए था कि गैलरी का फर्श बिल्कुल खिसक गया है। [फुटनोट: बेशक, यह हो सकता है कि फर्श ढलान नहीं था, लेकिन यह कि संग्रहालय एक पहाड़ी के किनारे में बनाया गया था। - यदि] मैं जिस अंत में आया था वह जमीन से काफी ऊपर था, और द्वारा जलाया गया था दुर्लभ भट्ठा जैसी खिड़कियां। जब आप लंबाई के नीचे गए, तो जमीन इन खिड़कियों के खिलाफ आ गई, आखिर तक प्रत्येक से पहले एक लंदन घर के "क्षेत्र" की तरह एक गड्ढा था, और शीर्ष पर केवल दिन के उजाले की एक संकीर्ण रेखा थी। मैं धीरे-धीरे साथ गया, मशीनों

के बारे में सोचता रहा, और जब तक वेना की बढ़ती आशंकाओं ने मेरा ध्यान आकर्षित नहीं किया, तब तक उन पर प्रकाश के कम होने की सूचना देने का बहुत इरादा था। तब मैंने देखा कि गैलरी आखिरकार घने अंधेरे में भाग गई। मैं हिचकिचाया, और फिर, जैसा कि मैंने मुझे गोल देखा, मैंने देखा कि धूल कम प्रचुर मात्रा में थी और इसकी सतह भी कम थी। मंदता की ओर आगे, यह कई छोटे संकीर्ण पैरों के निशान से टूटता हुआ दिखाई दिया। मोलॉक्स की तत्काल उपस्थिति की मेरी भावना उस पर पुनर्जीवित हुई। मुझे लगा कि मैं मशीनरी की अकादमिक परीक्षा में अपना समय बर्बाद कर रहा हूं। मैंने कहा कि यह पहले से ही दोपहर में उन्नत था, और मेरे पास अभी भी कोई हथियार नहीं था, कोई शरण नहीं है और न ही आग बनाने का कोई साधन है। और फिर गैलरी की सुदूर काली घटा में मैंने एक अजीबोगरीब चीख-पुकार सुनी, और उसी अजीब शोर को मैंने कुएं के नीचे सुना था।

'मैंने वीना का हाथ थाम लिया। फिर, एक अचानक विचार के साथ मारा, मैंने उसे छोड़ दिया और एक मशीन का रुख किया जिसमें से एक लीवर का संकेत-बॉक्स में उन लोगों के विपरीत नहीं था। स्टैंड पर चढ़ना, और इस लीवर को अपने हाथों में पकड़ना, मैं अपना सारा वजन उसी पर डाल देता हूं। अचानक वीणा, केंद्रीय गलियारे में वीरान हो गया। मैंने लीवर की ताकत को बहुत सही तरीके से आंका था, क्योंकि यह एक मिनट के तनाव के बाद तड़क गया था, और मैंने उसे अपने हाथ में एक गदा के साथ पर्याप्त से अधिक बार फिर से जोड़ दिया, मैंने जज किया, किसी भी मोरल खोपड़ी के लिए मेरा सामना हो सकता है। और मैं एक बहुत कुछ एक गतिरोध को मारने के लिए तरस गया। बहुत अमानवीय, आप सोच सकते हैं, अपने ही वंशजों को मारना चाहते हैं! लेकिन किसी भी चीज़ में मानवता को महसूस करना असंभव था। वीना को छोड़ने के लिए केवल मेरा विघटन, और एक अनुनय कि अगर मैंने हत्या के लिए अपनी प्यास बुझाना शुरू कर दिया तो मेरी टाइम मशीन पीड़ित हो सकती है, मुझे सीधे गैलरी से नीचे जाने और मुझे सुनाई गई ब्रूट्स को मारने से रोका।

'ठीक है, एक हाथ में गदा और दूसरे में वेना, मैं उस गैलरी से बाहर निकल गया और दूसरे में और अभी भी बड़ा एक, जो पहली नज़र में मुझे एक सैन्य चैपल की याद दिलाता था जिसे फटे हुए झंडे के साथ लटका दिया गया था। भूरा और पवित्र चीर जो इसके चारों ओर से लटका हुआ है, मैं वर्तमान में पुस्तकों के क्षयकारी व्रतों के रूप में पहचाना जाता हूं। उनके पास लंबे समय से टुकड़ों में गिरा था, और प्रिंट के हर हिस्से ने उन्हें छोड़ दिया था। लेकिन यहाँ और वहाँ विकृत बोर्डों और फटा धातु कि कहानी अच्छी तरह से बताया गया था। क्या मैं एक साहित्यिक आदमी था, जो शायद, मैंने सभी महत्वाकांक्षाओं की निरर्थकता पर नैतिकता जताई। लेकिन जैसा कि यह था, जिस चीज ने मुझे सबसे अधिक बल दिया, वह थी श्रम की भारी बर्बादी जिसमें सड़ने वाले कागज़ के इस जंगल ने गवाही दी। उस समय मैं यह स्वीकार करूँगा कि मैंने मुख्य रूप से दार्शनिक लेन-देन के बारे में सोचा था और भौतिक प्रकाशिकी पर मेरे अपने सत्रह पत्र।

'फिर, एक व्यापक सीढ़ी के ऊपर जाते हुए, हम आए जो एक बार तकनीकी रसायन विज्ञान की गैलरी हो सकती है। और यहाँ मुझे उपयोगी खोजों की थोड़ी उम्मीद नहीं थी। एक छोर को छोड़कर जहां छत ढह गई थी, इस गैलरी को अच्छी तरह से संरक्षित किया गया था। मैं हर अटूट मामले के लिए उत्सुकता से गया। और अंत में, वास्तव में एयर-टाइट मामलों में से एक में, मुझे मैचों का एक बॉक्स मिला। बहुत उत्सुकता से मैंने उनकी कोशिश की। वे पूरी तरह से अच्छे थे। वे भी नम नहीं थे। मैंने वीना की ओर रुख किया। "नृत्य," मैं उसे अपनी जीभ में रोया। अभी के लिए मेरे पास वास्तव में उन भयानक प्राणियों के खिलाफ एक हथियार था, जिनसे हमें डर था। और इसलिए, उस अपमानजनक संग्रहालय में, धूल के मोटे नरम कालीन पर, वीना के विशाल आनंद के लिए, मैंने पूरी तरह से एक तरह का समग्र नृत्य किया, जो कि हंस की भूमि को हंसमुख तरीके से सीटी बजाते हुए । भाग में, यह एक मामूली डंकन था , भाग में एक स्टेप डांस, भाग में एक स्कर्ट-डांस (अब तक मेरी पूंछ-कोट की अनुमति है), और भाग में मूल। क्योंकि मैं स्वाभाविक रूप से आविष्कारशील हूं, जैसा कि आप जानते हैं।

'अब, मुझे अभी भी लगता है कि मैचों के इस बॉक्स के लिए समय से पहले पहनने के लिए बच गए थे सबसे अजीब बात थी, मेरे लिए यह सबसे भाग्यशाली बात थी। अभी तक, विचित्र रूप से पर्याप्त है, मुझे एक बहुत अच्छा पदार्थ मिला, और वह था कपूर। मैं इसे एक सील जार में पाया, कि संयोग से, मुझे लगता है, वास्तव में मुहरबंद था। मैंने पहले सोचा था कि यह पैराफिन मोम था, और तदनुसार ग्लास को तोड़ दिया। लेकिन कपूर की गंध असंदिग्ध थी। सार्वभौमिक क्षय में इस अस्थिर पदार्थ ने जीवित रहने के लिए जप किया था, शायद कई हजारों शताब्दियों के माध्यम से। इसने मुझे एक सीपिया पेंटिंग की याद दिला दी जिसे मैंने एक बार जीवाश्म बेलेमनाइट की स्याही से देखा था जो कि लाखों साल पहले नष्ट हो गया होगा और जीवाश्म हो गया था। मैं इसे फेंकने वाला था, लेकिन मुझे याद था कि यह ज्वलनशील था और एक अच्छी चमकदार लौ से जलता था - वास्तव में, एक उत्कृष्ट मोमबत्ती - और मैंने इसे अपनी जेब में रखा। मुझे कोई विस्फोटक नहीं मिला, लेकिन न ही कांस्य के दरवाजों को तोड़ने का कोई साधन था। के रूप में अभी तक मेरे लोहे का ताज सबसे उपयोगी चीज थी जिस पर मैंने जप किया था। फिर भी मैंने उस गैलरी को बहुत लम्बा छोड़ दिया।

'मैं आपको उस दोपहर की सारी कहानी नहीं बता सकता। यह सभी उचित क्रम में मेरी खोज को याद करने के लिए स्मृति के एक महान प्रयास की आवश्यकता होगी। मुझे याद है कि हथियारों के जंगलों की एक लंबी गैलरी, और मैं अपने कौवा और हैचेट या तलवार के बीच कैसे झिझकता था। हालांकि, मैं दोनों को नहीं ले जा सका, और लोहे के मेरे बार ने कांस्य द्वार के खिलाफ सबसे अच्छा वादा किया। बंदूक, पिस्तौल और राइफल की संख्या थी। अधिकांश जंग के द्रव्यमान थे, लेकिन कई कुछ नई धातु के थे, और अभी भी काफी ध्वनि थे। लेकिन कोई भी कारतूस या पाउडर एक बार धूल में सड़ गया होगा। एक कोने में मैंने देखा था कि वह बहुत ही चकित और चूर था; शायद, मैंने सोचा, नमूनों के बीच एक विस्फोट से। एक अन्य स्थान पर मूर्तियों की एक विशाल सरणी थी - पॉलिनेशियन, मैक्सिकन, ग्रीशियन, फोनियन, पृथ्वी पर हर देश जो

मुझे सोचना चाहिए। और यहाँ, एक अप्रतिरोध्य आवेग की उपज, मैंने अपना नाम दक्षिण अमेरिका के एक स्टीटाइट मॉन्स्टर की नाक पर लिखा जो विशेष रूप से मेरे फैंस को भा गया।

'जैसे-जैसे शाम ढलती गई, मेरी दिलचस्पी कम होती गई। मैं गैलरी के बाद गैलरी के माध्यम से चला गया, धूल भरी, चुप, अक्सर खंडहर, प्रदर्शन कभी-कभी जंग और लिग्नाइट के ढेर, कभी-कभी नए लगते हैं। एक जगह मैंने अचानक खुद को एक टिन-खदान के मॉडल के पास पाया, और फिर मुझे एक दुर्घटना से पता चला, एक एयर-टाइट केस में, दो डायनामाइट कारतूस! मैं चिल्लाया "यूरेका!" और खुशी से मामले को तोड़ दिया। फिर एक संदेह आया। मैं हिचकिचाया। फिर, थोड़ा साइड गैलरी का चयन करते हुए, मैंने अपना निबंध बनाया। मुझे ऐसी निराशा कभी नहीं महसूस हुई, जैसा कि मैंने एक विस्फोट के लिए पाँच, दस, पंद्रह मिनट के इंतज़ार में किया था। बेशक चीजें डमी थीं, जैसा कि मैंने उनकी उपस्थिति से अनुमान लगाया होगा। मैं वास्तव में मानता हूं कि वे ऐसा नहीं थे, मुझे असंयमित रूप से भागना चाहिए और स्फिंक्स, कांस्य के दरवाजे, और (जैसा कि यह साबित हुआ) समय मशीन को खोजने की मेरी संभावना, सभी एक साथ गैर-अस्तित्व में हैं।

'यह उसके बाद था, मुझे लगता है, कि हम महल के भीतर थोड़ी खुली अदालत में आए थे। यह मैदान था, और तीन फलदार वृक्ष थे। इसलिए हमने आराम किया और खुद को तरोताजा किया। सूर्यास्त की ओर मैं हमारी स्थिति पर विचार करने लगा। रात हम पर रेंग रही थी, और मेरी दुर्गम छिपने की जगह अभी भी मिलनी बाकी थी। लेकिन उस ने मुझे बहुत कम परेशान किया। मेरे पास एक ऐसी चीज थी, जो शायद, सभी के खिलाफ सबसे अच्छा बचाव था- मैं मैच था! मैं अपनी जेब में कपूर था, अगर एक विस्फोट की जरूरत थी। यह मुझे लग रहा था कि हम जो सबसे अच्छी चीज कर सकते हैं, वह आग से संरक्षित, खुले में रात गुजारना होगा। सुबह टाइम मशीन की सुविधा थी। उस ओर, अभी तक, मेरे पास केवल लोहे की गदा थी। लेकिन अब, मेरे बढ़ते ज्ञान के साथ, मुझे उन कांस्य दरवाजों के प्रति बहुत अलग महसूस हुआ। इस पर, मैं

उन्हें मजबूर करने से बचता था, मोटे तौर पर दूसरी तरफ रहस्य के कारण। उन्होंने मुझे कभी भी बहुत मजबूत होने के लिए प्रभावित नहीं किया था, और मुझे उम्मीद थी कि काम के लिए लोहे की मेरी पट्टी पूरी तरह से अपर्याप्त नहीं होगी।

नौवीं

'हम महल से उभरे जबकि सूरज अभी भी क्षितिज से ऊपर था। मैं अगली सुबह सफ़ेद स्फिंक्स तक पहुँचने के लिए दृढ़ था, और मैं अपने पिछले सफर में मुझे रोकने वाली लकड़ियों से धकेलता था। मेरी योजना उस रात को यथासंभव आगे बढ़ना था, और फिर, एक आग का निर्माण, अपनी चकाचौंध के संरक्षण में सोने के लिए। तदनुसार, जब हम साथ गए, मैंने देखा कि कोई भी छड़ी या सूखी घास इकट्ठी हुई थी, और वर्तमान में मेरे पास ऐसे कूड़े से भरे हुए थे। इस तरह भरी हुई, हमारी प्रगति धीमी थी जैसा कि मैंने अनुमान लगाया था, और इसके अलावा वीणा थक गई थी। और मैं तंद्रा से भी पीड़ित होने लगा; ताकि हम लकड़ी तक पहुँचने से पहले पूरी रात रहे। इसके किनारे की छोटी पहाड़ी पर वीणा बंद हो गई होगी, हमारे सामने अंधेरा होने का डर था; लेकिन आसन्न आपदा की एक विलक्षण भावना, जो वास्तव में मुझे एक चेतावनी के रूप में सेवा करनी चाहिए थी, मुझे आगे बढ़ाया। मैं एक रात और दो दिनों के लिए नींद के बिना था, और मैं बुखार और चिड़चिड़ा था। मुझे लगा कि नींद मुझ पर आ रही है, और इसके साथ रुकावट।

'जब हम हिचकिचाए, हमारे पीछे काली झाड़ियों के बीच, और उनके कालेपन के खिलाफ मंद, मैंने तीन क्राउचिंग आंकड़े देखे। हमारे बारे में सब कुछ साफ़ और लंबी घास थी, और मैं उनके कपटी दृष्टिकोण से सुरक्षित महसूस नहीं करता था। जंगल, मैंने गणना की, बल्कि एक मील भर से भी कम था। अगर हम इसके माध्यम से नंगे पहाड़ी-पक्ष तक पहुँच सकते हैं, तो जैसा कि मुझे लग रहा था, एक पूरी तरह से सुरक्षित जगह थी; मुझे लगा कि मेरे मैचों और मेरे कपूर के साथ मैं जंगल के रास्ते से अपना रास्ता रोशन रख सकता हूं। अभी तक यह स्पष्ट था कि अगर मुझे अपने हाथों से मैचों को फलाना था, तो मुझे अपने जलाऊ लकड़ी को

छोड़ देना चाहिए; इसलिए, अनिच्छा से, मैंने इसे नीचे रखा। और फिर यह मेरे सिर में आया कि मैं अपने दोस्तों को प्रकाश में लाकर पीछे कर दूं। मुझे इस कार्यवाही के अत्याचारी मूर्खता की खोज करनी थी, लेकिन यह मेरे दिमाग में हमारे पीछे हटने के लिए एक सरल कदम के रूप में आया।

'मुझे नहीं पता कि क्या आपने कभी सोचा है कि मनुष्य की अनुपस्थिति और समशीतोष्ण जलवायु में एक दुर्लभ वस्तु की लौ क्या होनी चाहिए। सूरज की गर्मी शायद ही कभी जलने के लिए पर्याप्त मजबूत होती है, यहां तक कि जब यह ओस की बूंदों से केंद्रित होता है, जैसा कि कभी-कभी अधिक उष्णकटिबंधीय जिलों में होता है। बिजली विस्फोट और काला हो सकता है, लेकिन यह शायद ही कभी व्यापक आग को जन्म देता है। सड़ने वाली वनस्पति कभी-कभी अपने किण्वन की गर्मी से सुलग सकती है, लेकिन इससे शायद ही कभी लौ लगती है। इस पतन में भी, आग बनाने की कला को पृथ्वी पर भुला दिया गया था। लाल जीभ जो मेरी लकड़ी के ढेर को चाट गई थी, वेना के लिए एक बिल्कुल नई और अजीब बात थी।

'वह इसे चलाना चाहती थी और इसके साथ खेलना चाहती थी। मेरा मानना है कि वह खुद को इसमें शामिल कर लेती, मैंने उसे संयमित नहीं किया। लेकिन मैंने उसे पकड़ लिया, और उसके संघर्षों के बावजूद, लकड़ी में मेरे सामने साहसपूर्वक गिर गया। थोड़ी देर के लिए मेरी आग की चकाचौंध ने पथ को जलाया। वर्तमान में पीछे मुड़कर, मैं देख सकता था, भीड़ के तनों के माध्यम से, कि मेरे लाठी के ढेर से विस्फोट कुछ आस-पास की झाड़ियों तक फैल गया था, और आग की एक घुमावदार रेखा पहाड़ी की घास को रेंग रही थी। मैं उस पर हँसा, और मेरे सामने फिर से गहरे पेड़ों में बदल गया। यह बहुत काला था, और वीना ने मुझे आड़े हाथों लिया, लेकिन वहाँ अभी भी था, क्योंकि मेरी आँखें अंधेरे के आदी हो गईं, मेरे लिए पर्याप्त रोशनी उपजी से बचने के लिए। ओवरहेड यह केवल काला था, जहां सुदूर नीले आकाश का अंतर हमारे यहां और वहां चमकता था। मैंने अपना कोई भी मैच नहीं खेला क्योंकि मेरा कोई

हाथ नहीं था। मेरे बाएं हाथ पर मैंने अपना एक छोटा सा हाथ किया, मेरे दाहिने हाथ में मेरी लोहे की पट्टी थी।

'किसी तरह से मैंने अपने पैरों के नीचे की खुरदरी टहनियों के अलावा कुछ नहीं सुना, ऊपर हवा की धुंधली सरसराहट और मेरी खुद की सांस और मेरे कानों में रक्त-वाहिकाओं की धड़कन। तब मुझे मेरे बारे में पता चला। मैंने घोर धक्का दिया। पेटिंग अधिक विशिष्ट रूप से बढ़ी, और फिर मैंने उसी क्वीर ध्वनि और आवाज़ को पकड़ा जो मैंने अंडर-वर्ल्ड में सुना था। जाहिर तौर पर कई मोलॉक थे, और वे मुझ पर टूट रहे थे। वास्तव में, एक और मिनट में मैंने अपने कोट पर एक टग महसूस किया, फिर मेरी बांह में कुछ। और वेना हिंसक रूप से कांप गई, और काफी हद तक शांत हो गई।

'यह एक मैच का समय था। लेकिन एक पाने के लिए मैं उसे नीचे रखना चाहिए। मैंने ऐसा किया, और, जैसा कि मैंने अपनी जेब से ठोकर खाई, मेरे घुटनों के बारे में अंधेरे में एक संघर्ष शुरू हुआ, उसकी ओर से पूरी तरह से चुप था और एक ही अजीबोगरीब से लगता है । नरम छोटे हाथ, मेरे कोट और पीठ पर रेंग रहे थे, मेरी गर्दन को भी छू रहे थे। फिर मैच खरोंच और जमकर हुआ। मैंने इसे भड़काया, और पेड़ों के बीच फ्लाइट में मोरलॉक की सफेद पीठ देखी। मैंने झट से अपनी जेब से कपूर की एक गांठ ली, और जैसे ही माचिस जलानी चाहिए, उसे लाइट करने के लिए तैयार कर लिया। तब मैंने वीना को देखा। वह मेरे पैरों को पकड़ कर लेटी हुई थी और काफी निश्चिंत थी, उसके चेहरे से जमीन तक। अचानक भय के साथ मैं उसके पास रुक गया। उसे सांस लेने में तकलीफ हो रही थी। मैंने कपूर के ब्लॉक को जलाया और उसे जमीन पर गिरा दिया, और जैसे ही वह विभाजित हुआ और भड़क गया और मोरलॉक्स और छाया को वापस ले लिया, मैंने नीचे घुटने टेक दिए और उसे उठा लिया। पीछे लकड़ी एक महान कंपनी की हलचल और बड़बड़ाहट से भरी लग रही थी!

'वह बेहोश हो गई थी। मैंने उसे ध्यान से अपने कंधे पर रखा और धक्का देने के लिए गुलाब, और फिर एक भयानक अहसास हुआ। अपने मैचों और वीणा के साथ पैंतरेबाज़ी में, मैंने कई बार अपने आप को बदल दिया था, और अब मुझे इस बात का बेहूदा अंदाजा नहीं था कि मेरा रास्ता किस दिशा में है। क्योंकि मुझे पता था, मैं हरे रंग के चीनी मिट्टी के महल की ओर लौट रहा हूँ। मैंने खुद को ठंडे पसीने में पाया। मुझे तेजी से सोचना था कि क्या करना है। मैंने एक आग बनाने और जहां हम थे, उसे बांधने की ठानी। मैं वीणा लगाता हूं, फिर भी निश्चिंत हो जाता हूं, टर्फ फोले पर, और बहुत जल्दबाजी में, कपूर की मेरी पहली गांठ के रूप में, मैं लाठी और पत्तियों को इकट्ठा करना शुरू कर दिया। इधर और उधर अँधेरे से निकल कर मुझे मोरक्लोन्स की तरह चमकती हुई मोरलोक की आँखें दिखाई दीं।

'कपूर झाड़ गया और बाहर चला गया। मैंने एक माचिस जलाई, और जैसा कि मैंने किया था, दो सफेद रूप जो वीना के पास आ रहे थे, जल्दबाजी में धराशायी हो गए। एक प्रकाश से इतना अंधा हो गया था कि वह सीधे मेरे लिए आया, और मुझे लगा कि उसकी हड्डियां मेरी मुट्ठी के नीचे से पीस रही हैं। उसने घृणा का स्वर दिया, थोड़ा रास्ता डगमगाया और नीचे गिर गया। मैंने कपूर का एक और टुकड़ा जलाया, और मेरे अलाव को इकट्ठा किया। वर्तमान में मैंने देखा कि मेरे ऊपर कुछ सूखा सूखा था, क्योंकि टाइम मशीन पर मेरे आने के बाद से, एक हफ्ते की बात है, बारिश नहीं हुई थी। इसलिए, गिरी हुई टहनियों के लिए पेड़ों के बीच के बारे में बताने के बजाय, मैंने शाखाओं को गिराना और खींचना शुरू किया। बहुत जल्द ही मुझे हरी लकड़ी और सूखी लकड़ियों की धुँआधार धुँआधार आग लगी, और मैं अपने कपूर को कम कर सकता था। फिर मैं मुड़ गया जहाँ वीना मेरी लोहे की गदा के पास लेटी थी। मैंने कोशिश की कि मैं उसे पुनर्जीवित कर सकूं, लेकिन वह एक मृत की तरह लेटी रही। मैं खुद को संतुष्ट भी नहीं कर पाया कि उसने सांस ली या नहीं।

'अब, आग का धुआँ मेरी ओर बढ़ा, और इसने मुझे अचानक भारी कर दिया। इसके अलावा, कपूर का वाष्प हवा में था। मेरी आग एक घंटे के लिए फिर से भरने की जरूरत नहीं होगी। मैंने अपने परिश्रम के बाद बहुत थका हुआ महसूस किया, और बैठ गया। लकड़ी, भी, एक गंदी बड़बड़ाहट से भरा था जो मुझे समझ नहीं आया। मैं बस सिर हिला और मेरी आँखें खोलने के लिए लग रहा था। लेकिन सब अंधेरा था, और मोरलॉक का मेरे ऊपर हाथ था। उनकी अकड़ती अंगुलियों से झूलते हुए मैंने झट से मैच-बॉक्स के लिए अपनी जेब में महसूस किया, और वह चला गया था! तब उन्होंने पकड़ लिया और मेरे साथ फिर से बंद हो गए। एक पल में मुझे पता था कि क्या हुआ था। मैं सो गया था, और मेरी आग निकल गई थी, और मेरी आत्मा पर मृत्यु की कड़वाहट आ गई थी। जंगल जलती लकड़ी की गंध से भरा लग रहा था। मुझे गर्दन से, बालों से, बाँहों से पकड़ा गया और नीचे खींचा गया। यह उन सभी नरम प्राणियों को महसूस करने के लिए अंधेरे में भयानक रूप से भयानक था, जो मुझ पर ढेर कर दिए गए थे। मुझे लगा जैसे मैं एक मकड़ी के जाले में था। मैं बहुत ताकतवर था, और नीचे चला गया। मुझे लगा कि मेरी गर्दन पर छोटे-छोटे दांत हैं। मैं लुढ़क गया, और जैसा कि मैंने किया, मेरा हाथ मेरे लोहे के लीवर के खिलाफ आया। इसने मुझे ताकत दी। मैंने संघर्ष किया, मुझ से मानव चूहों को मिलाते हुए, और, बार को पकड़े हुए, मैं जोर देता हूं जहां मैंने उनके चेहरे का न्याय किया। मैं अपने खून के नीचे मांस और हड्डी देने के रसीले महसूस कर सकता था, और एक पल के लिए मैं स्वतंत्र था।

'अजीब तरह का उतावलापन, जो अक्सर कठिन लड़ाई के साथ लगता है कि मेरे ऊपर आया। मुझे पता था कि मैं और वेना दोनों खो गए थे, लेकिन मैंने उनके मांस के लिए मोरलक्स का भुगतान करने का दृढ़ निश्चय किया। मैं अपनी पीठ के साथ एक पेड़ के पास खड़ा था, मेरे सामने लोहे की पट्टी झूल रहा था। पूरी लकड़ी उन की हलचल और रोओं से भरी थी। एक मिनट बीत गया। उनकी आवाज़ उत्साह की ऊंची पिच पर उठने लगी, और उनकी चाल तेज़ हो गई। अभी तक पहुंच के भीतर कोई नहीं आया। मैं कालेपन की चकाचौंध में खड़ा था। फिर अचानक आशा आ गई। क्या होगा अगर मोरलॉक्स डरते थे? और उस की ऊँची एड़ी के जूते

पर करीब एक अजीब बात आई। अंधेरा बढ़ता हुआ लग रहा था। बहुत धीरे-धीरे मैंने अपने बारे में रुचियों को देखना शुरू कर दिया- मेरे पैरों में तीन पस्त हो गए- और फिर मैंने पहचाना, अविश्वसनीय आश्चर्य के साथ, कि दूसरे दौड़ रहे थे, एक निरंतर धारा में, जैसा कि लग रहा था, मेरे पीछे से, और लकड़ी के माध्यम से दूर सामने। और उनकी पीठ अब सफेद नहीं बल्कि लाल रंग की लग रही थी। के रूप में मैं खड़ा था, मैंने देखा कि थोड़ा लाल चिंगारी शाखाओं के बीच स्टारलाईट के अंतराल पर बहती है, और गायब हो जाती है। और उस समय मैंने जलती हुई लकड़ी की गंध, उस गंदी बड़बड़ाहट की गंध को समझा जो अब एक गर्जनापूर्ण गर्जना, लाल चमक और मोरलोक की उड़ान में बदल रही थी।

'मेरे पेड़ के पीछे से निकलकर पीछे देखा, तो मैंने देखा, पास के पेड़ों के काले खंभों के माध्यम से, जलते हुए जंगल की लपटें। यह मेरे बाद मेरी पहली आग थी। इसके साथ ही मैंने वीना की तलाश की, लेकिन वह चली गई थी। मेरे पीछे हिसिंग और क्रैकिंग, प्रत्येक ताजा पेड़ की लौ में विस्फोटक थड, प्रतिबिंब के लिए बहुत कम समय बचा है। मेरी लोहे की पट्टी अभी भी जकड़ी हुई है, मैंने मॉरलॉक के रास्ते में पीछा किया। यह एक करीबी दौड़ थी। एक बार आग की लपटें मेरे दाहिने तरफ इतनी तेजी से आगे बढ़ीं कि मैं भाग गया और मुझे बाईं ओर से टकराकर भागना पड़ा। लेकिन आखिरकार मैं एक छोटे से खुले स्थान पर उभरा, और जैसा कि मैंने ऐसा किया, एक गतिरोध मेरी ओर आया, और मुझे अतीत में ले गया, और सीधे आग में चला गया!

'और अब मुझे सबसे अजीब और भयानक चीज देखनी थी, मुझे लगता है, उस भविष्य की उम्र में मुझे यह सब याद है। यह पूरा स्थान आग के प्रतिबिंब के साथ दिन की तरह उज्ज्वल था। केंद्र में एक पहाड़ी या ट्यूलस था, जो झुलसे हुए नागफनी से घिरा था। इससे आगे जलते हुए जंगल का एक और हाथ था, जिसमें पीले रंग की जीभ पहले से ही लगी हुई थी, पूरी तरह से आग की बाड़ के साथ अंतरिक्ष को घेरे हुए थी। पहाड़ी की ओर कुछ तीस या चालीस मोरलोक थे, जो प्रकाश और गर्मी से चकाचौंध थे, और यहाँ पर एक दूसरे के विरूद्ध और यहाँ तक कि

उनकी धृष्टता के खिलाफ खिलखिलाते थे। पहले तो मुझे उनके अंधेपन का एहसास नहीं हुआ, और डर के मारे, मेरे बार में उनके साथ जमकर मारपीट की, क्योंकि उन्होंने मुझसे संपर्क किया, एक को मार डाला और कई को अपंग कर दिया। लेकिन जब मैंने लाल आकाश के खिलाफ नागफनी के नीचे उनमें से एक के इशारों को देखा, और उनके विलाप को सुना, तो मुझे उनकी चंचलता और दुख की चकाचौंध में विश्वास दिलाया गया, और मैंने उनमें से कोई नहीं मारा।

'अभी तक हर एक और फिर एक सीधे मेरी ओर आ जाएगा, एक भयावह डरावनी स्थिति को स्थापित करना जिसने मुझे उसे खत्म करने के लिए जल्दी कर दिया। एक समय में आग की लपटें कुछ हद तक मर गईं, और मुझे डर था कि वर्तमान में बेईमान जीव मुझे देख पाएंगे। मैं उनमें से कुछ को मारने से पहले लड़ाई शुरू करने की सोच रहा था; लेकिन आग फिर से तेज हो गई, और मैं अपना हाथ थामे रहा। मैं उनके बीच पहाड़ी के बारे में चला गया और उन्हें टाल दिया, वेना के कुछ निशान की तलाश में। लेकिन वीणा चली गई थी।

'अंत में मैं पहाड़ी के शिखर पर बैठ गया, और अंधाधुंध चीजों की इस विस्मयकारी अविश्वसनीय कंपनी को देखा और उन्हें चकमा दिया, और एक दूसरे को अलौकिक शोर कर रहा था, जैसे कि उन पर आग की चकाचौंध। धुएँ के उथल-पुथल पूरे आकाश में प्रवाहित होते हैं, और उस लाल चंदवा के दुर्लभ झटकों के माध्यम से, रिमोट के रूप में यद्यपि वे दूसरे ब्रह्मांड से संबंधित थे, छोटे सितारों को चमकाया। दो-तीन मोरलंक मुझमें फूटे, और मैंने उन्हें अपनी मुट्ठी से उड़ा दिया, कांपते हुए मैंने ऐसा किया।

'उस रात के अधिकांश भाग के लिए मुझे मना लिया गया था कि यह एक बुरा सपना था। मैं अपने आप को थोड़ा और जागने की एक आवेशपूर्ण इच्छा में चिल्लाया। मैंने अपने हाथों से जमीन को पीटा, और उठकर फिर से बैठ गया, और इधर-उधर भटकता रहा और फिर बैठ गया। तब मैं अपनी आँखों को रगड़ता हूँ और मुझे जागने के लिए ईश्वर से पुकारता हूँ।

तीन बार मैंने देखा कि झुंड ने एक तरह की पीड़ा में अपने सिर नीचे रखे और आग की लपटों में घिर गए। लेकिन, आख़िर में, काले धुएँ के स्ट्रीमिंग द्रव्यमान के ऊपर, आग के निर्मल लाल के ऊपर, और सफ़ेद और काले होते पेड़ के ढेर, और इन मंद जीवों की घटती संख्या के कारण, दिन का सफ़ेद प्रकाश आया।

'मैंने पुन: वेना के निशान खोजे, लेकिन वहाँ कोई नहीं था। यह स्पष्ट था कि उन्होंने अपना छोटा सा शरीर जंगल में छोड़ दिया था। मैं यह वर्णन नहीं कर सकता कि इसने मुझे यह सोचने से कैसे छुटकारा दिलाया कि यह उस भयानक भाग्य से बच गया था जिसे यह नियत लग रहा था। जैसा कि मैंने सोचा था, मैं लगभग मेरे बारे में असहाय घृणाओं का एक नरसंहार शुरू करने के लिए ले जाया गया था, लेकिन मैंने खुद को समाहित किया। पहाड़ी, जैसा कि मैंने कहा है, जंगल में एक प्रकार का द्वीप था। इसके शिखर से मैं अब हरे रंग के चीनी मिट्टी के बरतन के धुएं के एक धुंध के माध्यम से बाहर कर सकता था, और इससे मैं सफेद स्फिंक्स के लिए अपने बीयरिंग प्राप्त कर सकता था। और इसलिए, इन शापित आत्माओं के अवशेष को अभी भी यहाँ-वहाँ छोड़ कर जा रहे हैं और कराह रहे हैं, जैसे-जैसे दिन बढ़ता जा रहा है, मैंने अपने पैरों के बारे में कुछ घास बाँध ली और धूम्रपान करने वाली राख और काले तनों के बीच, जिसे अभी भी आंतरिक रूप से आग से जलाया जाता है, की ओर बढ़ाया टाइम मशीन के छिपने का स्थान। मैं धीरे-धीरे चला, क्योंकि मैं लगभग थका हुआ था, साथ ही लंगड़ा था, और मुझे थोड़ा वीना की भयानक मौत के लिए गहन मनहूसियत महसूस हुई। यह एक भारी आपदा लग रहा था। अब, इस पुराने परिचित कमरे में, यह वास्तविक नुकसान की तुलना में एक सपने की व्यथा की तरह है। लेकिन उस सुबह इसने मुझे बिल्कुल अकेला छोड़ दिया — बहुत अकेला। मैं इस घर के बारे में सोचना शुरू कर दिया, इस आग का, आप में से कुछ का, और इस तरह के विचारों के साथ एक लालसा है कि दर्द था।

'लेकिन जैसे ही मैं सुबह के आसमान के नीचे धूम्रपान की राख पर गया, मैंने एक खोज की। मेरी पतलून की जेब में अभी भी कुछ ढीले मैच थे। खो जाने से पहले बॉक्स लीक हो गया होगा।

एक्स

'सुबह लगभग आठ या नौ बजे मैं पीली धातु की उसी सीट पर आया था जहाँ से मैंने अपने आने की शाम को दुनिया को देखा था। मैंने उस शाम को अपने जल्दबाजी के निष्कर्ष के बारे में सोचा और अपने आत्मविश्वास से हँसने से परहेज नहीं कर सका। यहाँ वही सुंदर दृश्य था, वही प्रचुर पर्ण, वही शानदार महल और शानदार खंडहर, वही उपजाऊ नदियों के बीच चल रही चांदी की नदी। सुंदर लोगों के समलैंगिक वस्त्र यहाँ और पेड़ों के बीच चले गए। कुछ ठीक उसी जगह पर स्नान कर रहे थे जहाँ मैंने वेना को बचाया था, और उसने अचानक मुझे दर्द से कराह दिया। और परिदृश्य पर धब्बों की तरह कपोल को अंडर-वर्ल्ड के तरीकों से ऊपर उठा दिया। मैं अब समझ गया कि दुनिया भर के लोगों की सारी सुंदरता क्या है। बहुत सुखद था उनका दिन, खेत में मवेशियों के दिन की तरह सुखद। मवेशियों की तरह, वे कोई दुश्मनों के बारे में नहीं जानते थे और बिना किसी आवश्यकता के प्रदान करते थे। और उनका अंत समान था।

'मुझे यह सोचकर दुख हुआ कि मानव बुद्धि का सपना कितना संक्षिप्त था। इसने आत्महत्या कर ली थी। इसने अपने आप को सहजता और सहजता की ओर स्थिर कर लिया था, एक संतुलित समाज जिसके पास सुरक्षा और स्थायित्व था, अपने चौकीदार के रूप में, इसने इसकी उम्मीदें पूरी कर ली थीं- आखिरकार इस पर आने के लिए। एक बार, जीवन और संपत्ति लगभग पूर्ण सुरक्षा तक पहुंच गई होगी। अमीर को अपने धन और आराम का आश्वासन दिया गया था, उसके जीवन और काम के बारे में आश्वासन दिया गया था। उस परिपूर्ण दुनिया में कोई संदेह नहीं था कि कोई भी बेरोजगार समस्या नहीं थी, कोई भी सामाजिक सवाल अनसुलझा नहीं था। और एक बड़ा शांत पीछा किया था।

'यह प्रकृति का एक नियम है जिसे हम अनदेखा करते हैं, यह है कि बौद्धिक बहुमुखी प्रतिभा परिवर्तन, खतरे और परेशानी का मुआवजा है। एक जानवर पूरी तरह से अपने पर्यावरण के साथ सद्भाव में एक आदर्श तंत्र है। प्रकृति कभी भी बुद्धिमत्ता की अपील नहीं करती जब तक कि आदत और वृत्ति बेकार न हो। ऐसी कोई बुद्धिमत्ता नहीं है जहाँ कोई परिवर्तन न हो और जिसमें परिवर्तन की आवश्यकता न हो। केवल वे जानवर बुद्धि का हिस्सा होते हैं जिन्हें कई तरह की जरूरतों और खतरों को पूरा करना पड़ता है।

'इसलिए, जैसा कि मैं इसे देखता हूं, ऊपरी दुनिया का आदमी अपनी कमजोर प्रवृत्ति और यांत्रिक दुनिया तक ही सीमित उद्योग की ओर बढ़ गया था। लेकिन उस पूर्ण अवस्था में यांत्रिक पूर्णता के लिए एक चीज़ की भी कमी थी - पूर्ण स्थायित्व। जाहिर तौर पर जैसे-जैसे समय बीतता गया, वैसे-वैसे अंडर-वर्ल्ड का भक्षण प्रभावित होता गया। माँ की आवश्यकता, जो कुछ हज़ार वर्षों से रुकी हुई थी, फिर से वापस आ गई, और वह नीचे शुरू हुई। अंडर-वर्ल्ड मशीनरी के संपर्क में होने के बावजूद, जो कि एकदम सही है, फिर भी बाहर की आदत के बारे में कुछ सोच-विचार की जरूरत है, शायद ऊपरी तौर पर, हर दूसरे मानवीय चरित्र से कम होने पर, अधिक पहल के बजाय, पर्फोर्मे को बरकरार रखा है। और जब अन्य मांस उन्हें विफल हो गया, तो उन्होंने कहा कि किस पुरानी आदत के लिए मना किया गया था। इसलिए मैं कहता हूँ कि मैंने इसे आठ सौ और दो हज़ार सात सौ और एक की दुनिया के अपने अंतिम दृश्य में देखा। यह उतना ही गलत हो सकता है जितना कि नश्वर बुद्धि का आविष्कार हो सकता है। यह है कि इस चीज़ ने मुझे कैसे आकार दिया, और जैसा कि मैंने आपको दिया।

'पिछले दिनों की थकान, उत्तेजना और भय के बाद, और मेरे दुःख के बावजूद, यह सीट और शांत दृश्य और गर्म धूप बहुत सुखद थी। मैं बहुत थक गया था और नींद आ रही थी, और जल्द ही मेरा सिद्धांत दर्जन भर में बदल गया। उस पर खुद को पकड़ना, मैंने अपना संकेत दिया, और अपने आप को टर्फ पर फैलाकर मैंने एक लंबी और ताज़ा नींद ली।

'मैं सूर्यास्त से थोड़ा पहले जाग गया। अब मुझे मोरलॉक्स द्वारा झपकी लेते हुए सुरक्षित महसूस हुआ, और, अपने आप को खींचते हुए, मैं पहाड़ी पर सफेद टिंचर की तरफ आया। मेरे एक हाथ में मेरा मुकुट था, और दूसरे हाथ में मेरी जेब में मैच थे।

'और अब एक सबसे अप्रत्याशित बात आई। जैसा कि मैंने स्फिंक्स के पेडल से संपर्क किया, मैंने पाया कि कांस्य के वाल्व खुले थे। वे खांचे में नीचे गिर गए थे।

'उस समय मैंने उनके सामने कम जाना, प्रवेश करने में संकोच किया।

'एक छोटा सा अपार्टमेंट था, और इस कोने में एक उभरी हुई जगह पर टाइम मशीन थी। मैं अपनी जेब में छोटे लीवर था। तो यहाँ, सफेद स्फिंक्स की घेराबंदी के लिए मेरी विस्तृत तैयारी के बाद, एक नम्र समर्पण था। मैंने अपनी लोहे की पट्टी को दूर फेंक दिया, इसका उपयोग न करने का लगभग खेद है।

जैसे ही मैं पोर्टल की ओर बढ़ा, मेरे दिमाग में अचानक विचार आया। एक बार के लिए, कम से कम, मैं के मानसिक संचालन समझ लिया। हंसने के लिए एक मजबूत झुकाव को दबाते हुए, मैंने कांस्य फ्रेम के माध्यम से और टाइम मशीन तक कदम रखा। मुझे यह देखकर आश्चर्य हुआ कि यह सावधानीपूर्वक तेल और साफ किया गया था। मुझे इस बात पर संदेह है कि मोरलक्स ने आंशिक रूप से टुकड़ों में ले लिया था जबकि अपने उद्देश्य को समझने के लिए अपने मंद तरीके से कोशिश कर रहा था।

'अब जैसे ही मैंने खड़े होकर इसकी पड़ताल की, तो मुझे इस बात का अंदाजा हो गया था कि जिस चीज की मुझे उम्मीद थी, वही हुआ। कांस्य पैनल अचानक ऊपर खिसक गए और फ्रेम को एक क्लैंग के साथ मारा। मैं अंधेरे में था - फंस गया। तो मोरलक्स ने सोचा। उस पर मैं उल्लासपूर्वक चकित हो गया।

'मैं उनकी भद्दी हँसी पहले ही सुन सकता था क्योंकि वे मेरी तरफ आए थे। बहुत ही शांति से मैंने मैच पर वार करने की कोशिश की। मुझे केवल लीवर को ठीक करना और फिर भूत की तरह प्रस्थान करना था। लेकिन मैंने एक छोटी सी बात को नजरअंदाज कर दिया था। मैच उस घृणित किस्म के थे जो केवल बॉक्स पर प्रकाश डालते थे।

'आप सोच सकते हैं कि मेरे सभी शांत कैसे गायब हो गए। छोटे जानवर मुझ पर करीब थे। एक ने मुझे छुआ। मैंने लीवर के साथ अंधेरे में उन्हें एक व्यापक झटका दिया, और मशीन की काठी में हाथापाई शुरू कर दी। फिर एक हाथ मेरे ऊपर आया और फिर दूसरा। तब मुझे बस अपने लीवर के लिए उनकी लगातार उंगलियों के खिलाफ लड़ना था, और साथ ही उन स्टड के लिए महसूस करना चाहिए जिन पर ये फिट थे। एक, वास्तव में, वे लगभग मुझसे दूर हो गए। जैसा कि यह मेरे हाथ से फिसल गया था, मुझे अपने सिर के साथ अंधेरे में बटना पड़ा था - मैं इसे ठीक करने के लिए मॉरलॉक की खोपड़ी की अंगूठी सुन सकता था। यह जंगल में लड़ाई की तुलना में एक निकट की बात थी, मुझे लगता है, यह आखिरी हाथापाई है।

'लेकिन आखिर में लीवर को फिट कर दिया गया और उसे खींच लिया गया। मुझसे लिपटते हुए हाथ फिसल गए। वर्तमान में अंधेरा मेरी आंखों से गिर गया। मैंने खुद को उसी ग्रे लाइट में पाया और मैंने पहले ही वर्णित किया है।

ग्यारहवीं

'मैंने आपको पहले ही बीमारी और भ्रम के बारे में बताया है जो समय यात्रा के साथ आता है। और इस बार मैं काठी में ठीक से नहीं बैठा था, लेकिन बग़ल में और एक अस्थिर फैशन में था। एक अनिश्चित समय के लिए मैं मशीन पर चढ़ गया क्योंकि यह हिल गया और कंपन हो गया, मैं कैसे चला गया, और जब मैं फिर से डायल को देखने के लिए खुद को लाया, तो मुझे आश्चर्य हुआ कि मैं कहाँ आ गया था। एक डायल दिन रिकॉर्ड करता है, और दूसरा हजारों दिन, दूसरा लाखों दिन और दूसरा हजारों लाखों। अब, मैंने लीवर को उलटने के बजाय, उनके साथ आगे

बढ़ने के लिए उन्हें ऊपर खींच लिया था, और जब मैं इन संकेतकों को देखने के लिए आया तो मैंने पाया कि हजारों हाथ एक घड़ी के सेकंड के रूप में तेजी से गोल-गोल घूम रहे थे निरर्थकता।

'जैसा कि मैंने किया, चीजों की उपस्थिति पर एक अजीब परिवर्तन दरार। घिनौनापन बढ़ गया गहरा; तब-हालांकि मैं अभी भी विलक्षण वेग के साथ यात्रा कर रहा था - दिन और रात की निमिष उत्तराधिकार, जो आमतौर पर धीमी गति का संकेत था, वापस लौटा, और अधिक से अधिक चिह्नित हुआ। यह मुझे पहली बार में बहुत हैरान कर गया। रात और दिन के विकल्प धीमे और धीमे बढ़ते गए, और जब तक वे शताब्दियों तक फैलते दिखते रहे, तब तक पूरे आकाश में सूर्य का मार्ग चलता रहा। पिछली बार पृथ्वी पर एक स्थिर गोधूलि के दौरान, एक गोधूलि केवल अब टूट गया और जब एक धूमकेतु अंधेरे आकाश में चमक गया। प्रकाश का वह बैंड जिसने सूरज के गायब होने का संकेत दिया था; क्योंकि सूरज उगना बंद हो गया था - यह बस गुलाब और पश्चिम में गिर गया, और व्यापक और अधिक लाल हो गया। चंद्रमा के सभी निशान गायब हो गए थे। तारों की परिक्रमा, धीमी और धीमी गति से बढ़ रही है, प्रकाश के रेंगने वाले बिंदुओं को जगह दी थी। अंत में, कुछ समय पहले मैंने रोका, सूरज, लाल और बहुत बड़ा, क्षितिज पर गतिहीन, एक सुस्त गर्मी के साथ एक विशाल गुंबद, और अब और फिर एक क्षणिक विलोपन पीड़ित। एक समय में यह थोड़ी देर के लिए फिर से अधिक शानदार ढंग से चमकता था, लेकिन यह तेजी से अपनी सुस्त लाल गर्मी पर लौट आया। मैं इसके बढ़ते और धीमी गति से नीचे आने से यह अनुमान लगाता हूं कि ज्वार के खींचने का काम किया गया था। पृथ्वी सूर्य के पास एक चेहरे के साथ आराम करने के लिए आई थी, यहां तक कि हमारे अपने समय में चंद्रमा पृथ्वी का सामना करता है। बहुत सावधानी से, क्योंकि मुझे अपने पूर्व के लंबे समय से गिरने की याद है, मैंने अपनी गति को उलटना शुरू कर दिया। धीमी और धीमी गति से चलने वाले हाथ तक चले गए जब तक कि हजारों एक गतिहीन लगने लगे और दैनिक अपने पैमाने पर एक मात्र धुंध नहीं था। अभी भी धीमी है, जब तक कि एक उजाड़ समुद्र तट की मंद रूपरेखा दिखाई नहीं दी।

'मैं बहुत धीरे से रुक गया और गोल मशीन पर बैठ गया, गोल दिख रहा था। आकाश अब नीला नहीं था। उत्तर-पूर्व की ओर यह काले रंग का था, और कालेपन के कारण चमकीले और स्थिर रूप से हल्के सफेद तारे थे। ओवरहेड यह एक गहरा भारतीय लाल और सितारा रहित था, और दक्षिण-पूर्व की ओर यह एक चमकदार स्कार्लेट की तरफ बढ़ गया, जहां क्षितिज द्वारा काट दिया गया था, सूरज की विशाल पतवार, लाल और गतिहीन। मेरे बारे में चट्टानें एक कठोर लाल रंग की थीं, और जीवन के सभी निशान जो मैं पहली बार देख सकती थी, वह हरे रंग की वनस्पति थी जो उनके दक्षिण-पूर्वी चेहरे पर हर प्रोजेक्टिंग बिंदु को कवर करती थी। यह वही समृद्ध हरा था जो वन काई या गुफाओं में लाइकेन पर देखता है: ऐसे पौधे जो इस तरह से एक सदाबहार गोधूलि में उगते हैं।

'मशीन एक ढलान वाले समुद्र तट पर खड़ी थी। समुद्र दक्षिण-पश्चिम तक फैला हुआ था, जो वान आकाश के खिलाफ एक तेज उज्ज्वल क्षितिज में वृद्धि करने के लिए था। वहाँ कोई ब्रेकर और लहरें नहीं थीं, क्योंकि हवा का एक झोंका हलचल नहीं कर रहा था। केवल एक हल्का तैलीय गुलाब उग आया और एक कोमल सांस की तरह गिर गया, और दिखाया कि अनन्त समुद्र अभी भी चल रहा है और जीवित है। और उस मार्जिन के साथ जहां पानी कभी-कभी टूटता था, ल्यूरिड आकाश के नीचे नमक-गुलाबी रंग का एक मोटा झुकाव था। मेरे सिर में अत्याचार की भावना थी, और मैंने देखा कि मैं बहुत तेजी से सांस ले रहा था। सनसनी ने मुझे पर्वतारोहण के अपने एकमात्र अनुभव की याद दिला दी, और इससे मुझे लगता है कि हवा की तुलना में यह अब अधिक दुर्लभ है।

'दूर तक उजाड़ ढलान पर मैंने एक कठोर चीख सुनी, और एक विशाल सफेद तितली जैसी चीज देखी और तिरछी होकर आकाश में उड़ गई और चक्कर लगाते हुए, परे कुछ कम पहाड़ियों पर लुप्त हो गई। इसकी आवाज़ की आवाज़ इतनी निराशाजनक थी कि मैं कांप गया और मशीन पर और अधिक मजबूती से बैठ गया। मुझे फिर से गोल करते हुए, मैंने देखा कि, काफी निकट, मैंने जो चट्टान का एक लाल द्रव्यमान लिया था,

वह धीरे-धीरे मेरी ओर बढ़ रहा था। तब मैंने देखा कि वास्तव में एक राक्षसी केकड़ा जैसा प्राणी था। क्या आप एक टेबल के बारे में सोच सकते हैं जैसे कि योनर टेबल, इसके कई पैर धीरे-धीरे और अनिश्चित रूप से चलते हुए, इसके बड़े पंजे झूलते हुए, इसके लंबे एंटीना, जैसे कार्टर्स की चाबुक, लहराते हुए और महसूस करते हुए, और इसकी डंठल आंखें इसके दोनों ओर आपको चमकाती हैं। धातु सामने? इसकी पीठ नालीदार मालिकों के साथ नालीदार और अलंकृत थी, और एक हरे रंग के अविश्वास ने इसे इधर-उधर उड़ा दिया। मैं इसके जटिल मुंह के कई पलकों को टिमटिमाते और महसूस करते हुए देख सकता था।

'जैसा कि मैं इस भयावह स्पष्टता को देखकर मेरी ओर रेंगता था, मुझे अपने गाल पर एक गुदगुदी महसूस होती थी जैसे कि एक मक्खी ने वहां रोशनी डाली हो। मैंने इसे अपने हाथ से दूर करने की कोशिश की, लेकिन एक पल में यह वापस आ गया, और लगभग तुरंत मेरे कान के पास एक और आ गया। मैं इस पर मारा, और कुछ धागा पकड़ा। यह मेरे हाथ से तेजी से निकाला गया था। एक हर्षजनक योग्यता के साथ, मैं मुड़ गया, और मैंने देखा कि मैंने एक और राक्षस केकड़े के एंटीना को पकड़ लिया था जो मेरे पीछे खड़ा था। इसकी बुरी निगाहें अपने डंठल पर झूल रही थीं, इसका मुँह भूख से बिलकुल सजीव था, और इसके बड़े-बड़े बेजान पंजे, एक अल्ग कीचड़ से सने हुए, मुझ पर उतर रहे थे। एक पल में मेरा हाथ लीवर पर था, और मैंने अपने और इन राक्षसों के बीच एक महीना रखा था। लेकिन मैं अभी भी एक ही समुद्र तट पर था, और जैसे ही मैंने रोका, मैंने उन्हें अलग-अलग देखा। उनमें से दर्जनों यहाँ और वहाँ रेंगते हुए लग रहे थे, बहुत हल्के हरे रंग की पत्थरों की चादर के बीच।

'मैं घृणित वीरानी की भावना को व्यक्त नहीं कर सकता जो दुनिया भर में लटका हुआ है। लाल पूर्वी आकाश, उत्तर की ओर का कालापन, नमक का मृत सागर, इन दुर्गंध के साथ रेंगता हुआ समुद्र तट, धीमे-धीमे भागते राक्षस, एक समान जहरीले दिखने वाले हरे रंग के पौधे, पतली हवा जो किसी के फेफड़ों को चोट पहुँचाती है, सभी ने इसमें योगदान दिया भयावह प्रभाव। मैं सौ साल आगे बढ़ गया, और वहाँ वही लाल सूरज था -

थोड़ा बड़ा, थोड़ा सुस्त - वही मरता हुआ समुद्र, वही सर्द हवा, और हरे-भरे खरपतवारों के बीच में और बाहर मिट्टी के क्रसटेशिया की समान भीड़ लाल चट्टानें। और पश्चिम की ओर आकाश में, मैंने एक विशाल अमावस्या की तरह घुमावदार पीली रेखा देखी।

'इसलिए मैंने एक हज़ार साल या उससे अधिक समय में, पृथ्वी के भाग्य के रहस्य को ध्यान में रखते हुए, कभी-कभी रुक कर यात्रा की, एक अजीब आकर्षण के साथ देखते हुए सूरज पश्चिम के आकाश में बड़ा और सुस्त दिखाई देता है, और यात्रा का जीवन पुरानी पृथ्वी दूर है। अंत में, तीस मिलियन से अधिक वर्ष इसलिए, सूरज का विशाल लाल-गर्म गुंबद अंधेरे आकाश के लगभग दसवें हिस्से को अस्पष्ट करने के लिए आया था। तब मैं एक बार फिर रुक गया, क्रॉल की भीड़ के कारण भीड़ गायब हो गई थी, और लाल समुद्र तट, अपने ज्वलंत हरे जिगर और लाइकेन के लिए बचा, बेजान लग रहा था। और अब यह सफेद के साथ उड़ गया था। एक कड़वी ठंड ने मुझे जकड़ लिया। दुर्लभ सफेद गुच्छे और फिर नीचे आकर। उत्तर-पूर्व की ओर, बर्फ की चकाचौंध आकाश के तारों की रोशनी में पड़ी रहती है और मैं पहाड़ियों के गुलाबी सफेद भाग को देख सकता हूं। समुद्र के किनारे पर बर्फ के किनारे थे, जिसमें बहते हुए द्रव्यमान और आगे निकल गए थे; लेकिन उस नमक महासागर का मुख्य विस्तार, अनन्त सूर्यास्त के तहत सभी खूनी, अभी भी निराधार था।

'मैंने अपने बारे में देखा कि क्या जानवरों के जीवन के कोई निशान बने हुए हैं। एक निश्चित अनिश्चित आशंका ने अभी भी मुझे मशीन की काठी में बनाए रखा। लेकिन मैंने कुछ भी नहीं देखा, पृथ्वी या आकाश या समुद्र में। चट्टानों पर हरे कीचड़ ने गवाही दी कि जीवन विलुप्त नहीं था। समुद्र में एक उथला सैंडबैंक दिखाई दिया था और समुद्र तट से पानी फिर गया था। मुझे लगा कि मैंने इस बैंक के बारे में कुछ काली वस्तु को देखा है, लेकिन जब मैंने इसे देखा, तो यह अविचल हो गया, और मैंने फैसला किया कि मेरी आंख को धोखा दिया गया था, और वह काली वस्तु केवल एक चट्टान थी। आकाश के तारे बहुत चमकीले थे और मुझे बहुत कम टिमटिमाते हुए प्रतीत होते थे।

'अचानक मैंने देखा कि सूरज की गोलाकार पश्चिममुखी रूपरेखा बदल गई थी; यह एक समतलता, एक खाड़ी, वक्र में दिखाई दी थी। मैंने देखा कि यह बड़ा हो रहा है। एक मिनट के लिए शायद मैं इस कालेपन को देख रहा था, जो दिन में रेंग रहा था, और तब मुझे एहसास हुआ कि एक ग्रहण शुरू हो रहा था। या तो चंद्रमा या ग्रह बुध सूर्य की डिस्क के पार से गुजर रहा था। स्वाभाविक रूप से, सबसे पहले मैंने इसे चंद्रमा के रूप में लिया, लेकिन मुझे इस बात पर विश्वास करने के लिए बहुत कुछ है कि मैंने वास्तव में जो देखा वह पृथ्वी के बहुत पास से गुजरने वाले एक आंतरिक ग्रह का पारगमन था।

'अंधेरा बढ़ता गया; एक ठंडी हवा पूरब से ताजा हवाओं में बहने लगी और हवा में श्वेत गुच्छे बरसने लगे। समुद्र के किनारे से एक लहर और कानाफूसी हुई। इन बेजान आवाज़ों से परे दुनिया चुप थी। चुप? इसके बारे में जानकारी देना कठिन होगा। मनुष्य की सभी ध्वनियाँ, भेड़ों का फड़कना, पक्षियों का रोना, कीड़े-मकोड़ों की हलचल, वह हलचल जो हमारे जीवन की पृष्ठभूमि बनाती है — वह सब जो खत्म हो गया। जैसे-जैसे अंधेरा घिरता गया, एड़ी के गुच्छे और अधिक बढ़ते गए, मेरी आँखों के सामने नाचते रहे; और हवा की ठंड अधिक तीव्र है। अंत में, एक के बाद एक, तेजी से, एक के बाद एक, दूर की पहाड़ियों की सफेद चोटियाँ कालेपन में गायब हो गईं। हवा के झोंके से कराह उठी। मैंने देखा कि ग्रहण की काली केंद्रीय परछाई मेरी ओर है। एक और पल में अकेले पीले तारे दिखाई दे रहे थे। बाकी सब अस्पष्ट था। आकाश बिल्कुल काला था।

'इस महान अंधकार का एक खौफ मुझ पर आ पड़ा। ठंड, जो मेरे मज्जा को सूँघता है, और साँस लेने में मुझे जो दर्द महसूस होता है, वह मुझ पर हावी हो गया। मैं कांप गया, और एक घातक मतली ने मुझे लपक लिया। फिर आकाश में लाल-गर्म धनुष की तरह सूरज की धार दिखाई दी। मैं अपने आप को ठीक करने के लिए मशीन से उतर गया। मैंने वापसी की यात्रा का सामना करने में असमर्थता महसूस की। जैसा कि मैं बीमार था और उलझन में था, मैंने फिर से शोल पर चलने वाली चीज को देखा - अब

कोई गलती नहीं थी कि यह एक चलती चीज थी - समुद्र के लाल पानी के खिलाफ। यह एक गोल बात थी, एक फुटबॉल का आकार शायद, या, यह हो सकता है, बड़ा और तम्बू इसके नीचे से फंस गए; यह काले रक्त के लाल पानी के खिलाफ लग रहा था, और इसके बारे में फिट हो रहा था। तब मुझे लगा कि मैं बेहोश हो रहा हूं। लेकिन उस दुर्गम और भयानक धुंधलके में असहाय पड़ा हुआ एक भयानक खौफ मुझे सताता रहा, जबकि मैं काठी पर चढ़ गया।

बारहवीं

'तो मैं वापस आ गया। एक लंबे समय के लिए मैं मशीन पर असंवेदनशील रहा होगा। दिन और रात की धुंधली उत्तराधिकार फिर से शुरू हो गया था, सूरज फिर से सुनहरा हो गया, आकाश नीला। मैंने अधिक स्वतंत्रता के साथ सांस ली। भूमि के उतार-चढ़ाव वाले ईबस और बह गए। डायल पर हाथ पीछे की ओर झुक गए। अंत में मैंने फिर से घरों की मंद छाया, पतनशील मानवता के साक्ष्य देखे। ये भी बदल गए और गुजर गए, और अन्य लोग आए। वर्तमान में, जब मिलियन डायल शून्य पर था, तो मैंने गति को धीमा कर दिया। मैं अपने स्वयं के सुंदर और परिचित वास्तुकला को पहचानना शुरू कर दिया, हजारों हाथ शुरुआती बिंदु पर वापस चले गए, रात और दिन धीमी और धीमी गति से फड़फड़ाए। फिर प्रयोगशाला की पुरानी दीवारें मुझे घेरे में आ गईं। बहुत धीरे से, अब, मैंने तंत्र को धीमा कर दिया।

'मैंने एक छोटी चीज देखी जो मुझे अजीब लगी। मुझे लगता है कि मैंने आपको बताया है कि जब मैं बाहर निकलता हूं, तो इससे पहले कि मेरा वेग बहुत अधिक हो, । वाटचैट एक रॉकेट की तरह, मुझे लग रहा था, यात्रा करते हुए, पूरे कमरे में चला गया था। जब मैं वापस लौटा, मैं उस मिनट के उस पार फिर से गया जब उसने प्रयोगशाला का पता लगाया। लेकिन अब उसकी हर गति उसके पिछले वाले के ठीक उलट दिखाई दी। निचले सिरे का दरवाजा खुल गया, और वह चुपचाप प्रयोगशाला में, पीछे की ओर, और उस दरवाजे के पीछे गायब हो गई, जिससे वह पहले

प्रवेश कर चुकी थी। इससे पहले कि मैं एक पल के लिए पहाड़ी देखने के लिए लग रहा था; लेकिन वह एक फ्लैश की तरह गुजरा।

'तब मैंने मशीन को बंद कर दिया, और मेरे बारे में फिर से पुरानी परिचित प्रयोगशाला, मेरे उपकरण, मेरे उपकरणों को देखा जैसे मैंने उन्हें छोड़ दिया था। मैं बहुत शकील से बात करने लगा, और अपनी बेंच पर बैठ गया। कई मिनट तक मैं हिंसक रूप से कांपता रहा। फिर मैं शांत हो गया। मेरे आस-पास फिर से मेरी पुरानी कार्यशाला थी, ठीक वैसे ही जैसे वह थी। मैं वहाँ सो गया होगा, और पूरी बात एक सपना रहा है।

'और फिर भी, बिल्कुल नहीं! बात प्रयोगशाला के दक्षिण-पूर्व कोने से शुरू हुई थी। यह उत्तर-पश्चिम में फिर से आराम करने के लिए आया था, जहां आपने इसे देखा था। जो आपको मेरे छोटे लॉन से सफ़ेद स्फिंक्स के पेडस्टल तक की सटीक दूरी देता है, जिसमें मोरलॉक्स ने किसी मशीन को चलाया था।

'कुछ समय के लिए मेरा दिमाग स्थिर हो गया। वर्तमान में मैं उठ गया और यहाँ से गुजरते हुए, लंगड़ाते हुए आया, क्योंकि मेरी एड़ी अभी भी दर्दनाक थी, और दुख की अनुभूति हो रही थी। मैंने दरवाजे पर टेबल पर पैल मॉल गजट देखा । मैंने पाया कि तारीख वास्तव में दिन थी, और घड़ी को देखते हुए, देखा कि घंटा लगभग आठ बजे था। मैंने आपकी आवाज़ें और प्लेटों के आवरण को सुना। मैंने झिझकते हुए कहा- मुझे बहुत बीमार और कमजोर महसूस हुआ। तब मैंने अच्छे अच्छे मांस को सूँघा, और तुम पर दरवाजा खोला। बाकी आप जानते हैं। मैंने धोया, और भोजन किया और अब मैं आपको कहानी सुना रहा हूं।

'मुझे पता है,' उन्होंने कहा, एक विराम के बाद, 'यह सब आपके लिए बिल्कुल अविश्वसनीय होगा। मेरे लिए एक अविश्वसनीय बात यह है कि मैं इस पुराने परिचित कमरे में रात-दिन आपके दोस्ताना चेहरों को देख रहा हूँ और आपको ये अजीब कारनामें बता रहा हूँ। '

उन्होंने मेडिकल मैन को देखा। 'नहीं न। मैं आपसे यह उम्मीद नहीं कर सकता। इसे एक झूठ के रूप में लें - या एक भविष्यवाणी। मैं कार्यशाला में यह सपना देखा। विचार करें कि मैं हमारी जाति की नियति पर अटकलें लगाता रहा हूं जब तक कि मैंने इस कल्पना को पूरा नहीं किया। अपनी रूचि को बढ़ाने के लिए कला के एक स्ट्रोक के रूप में इसकी सच्चाई के मेरे दावे का इलाज करें। और इसे कहानी के रूप में लेते हुए, आप इसके बारे में क्या सोचते हैं? '

उसने अपना पाइप उठाया, और शुरू किया, अपने पुराने आदी तरीके से, इसे टटोलने के लिए बार के साथ घूमाते हुए। एक क्षणिक शांति थी। इसके बाद कुर्सियों ने क्रेक करना शुरू किया और जूते कालीन पर खुरचने लगे। मैंने अपनी नज़र उस समय के ट्रैवलर के चेहरे से हटा ली, और उसके दर्शकों की तरफ देखा। वे अंधेरे में थे, और रंग के छोटे धब्बे उनके सामने तैर गए। मेडिकल आदमी हमारे मेजबान के चिंतन में लीन लग रहा था। सम्पादक अपने सिगार के अंत में कठोर दिख रहा था - छठा। पत्रकार अपनी घड़ी के लिए लड़खड़ाया। अन्य, जहाँ तक मुझे याद है, गतिहीन थे।

संपादक आह भरकर उठ खड़ा हुआ। 'क्या अफ़सोस है कि आप कहानियों के लेखक नहीं हैं!' उन्होंने कहा, समय यात्री के कंधे पर अपना हाथ रखकर।

'आप विश्वास नहीं करते?'

'कुंआ--'

'मैंने सोचा नहीं।'

जिस समय यात्री ने हमारी ओर रुख किया। 'मैच कहां हैं?' उन्होंने कहा। उसने एक को जलाया और अपने पाइप पर बात करते हुए कहा। 'तुम्हें सच बताने के लिए
... मैं शायद ही खुद पर विश्वास करता हूं ...। और फिर भी···'

उसकी नज़र छोटी मेज पर मुरझाए सफ़ेद फूलों पर एक मूक जाँच के साथ पड़ी। फिर वह अपने पाइप को पकड़े हुए हाथ पर हाथ फेरने लगा, और मैंने देखा कि वह अपने पोर पर कुछ आधे बालों वाले निशान देख रहा था।

चिकित्सा आदमी गुलाब, दीपक के पास आया, और फूलों की जांच की। उन्होंने कहा, 'जाइनेसेम का अजीब है।' मनोवैज्ञानिक देखने के लिए आगे की ओर झुक गया, एक नमूने के लिए उसका हाथ पकड़कर।

पत्रकार ने कहा, "अगर मैं एक चौथाई नहीं रह गया तो मुझे फांसी दी जाएगी।"
'हमें घर कैसे मिलेगा?'

मनोवैज्ञानिक ने कहा, "स्टेशन पर बहुत सारे कैब हैं।"

'यह एक जिज्ञासु बात है,' मेडिकल मैन ने कहा; 'लेकिन मुझे निश्चित रूप से इन फूलों के प्राकृतिक क्रम का पता नहीं है। क्या मेरे पास हो सकता है? '

जिस समय यात्री हिचकिचाया। फिर अचानक: 'निश्चित रूप से नहीं।'

'तुम वास्तव में उन्हें कहाँ से मिले?' मेडिकल मैन ने कहा।

जिस समय यात्री ने अपना हाथ उसके सिर पर रखा। वह एक ऐसे व्यक्ति से बात करता था जो एक विचार को पकड़ कर रखने की कोशिश कर रहा था जो उसे खारिज कर दिया। वेना द्वारा मेरी जेब में तब डाले गए, जब मैंने समय यात्रा की। ' उसने कमरे का चक्कर लगाया। अगर यह सब नहीं हो रहा है, तो मुझे बहुत तकलीफ हुई। यह कमरा और आप और हर दिन का माहौल मेरी याददाश्त के लिए बहुत ज्यादा है। क्या मैंने कभी टाइम मशीन, या टाइम मशीन का मॉडल बनाया? या यह सब केवल एक सपना है? वे कहते हैं कि जीवन एक सपना है, कई बार एक

कीमती गरीब सपना है - लेकिन मैं एक और खड़ा नहीं कर सकता जो फिट नहीं होगा। यह पागलपन है। और सपना कहां से आया? ... मुझे उस मशीन को देखना चाहिए। अगर एक है! '

उसने दीपक को तेजी से पकड़ लिया, और उसे ले गया, जो लाल था, दरवाजे से गलियारे में जा रहा था। हमने उसका अनुसरण किया। चिराग की टिमटिमाती रोशनी में मशीन पर्याप्त, स्केट, बदसूरत, और आस्क्यू निश्चित थी; पीतल, आबनूस, हाथीदांत, और पारभासी झिलमिलाता क्वार्ट्ज की बात। स्पर्श के लिए ठोस - क्योंकि मैंने अपना हाथ बाहर रखा था और इसकी रेल को महसूस किया था - और भूरे रंग के धब्बों के साथ और हाथीदांत पर, और निचले हिस्सों पर घास और काई के टुकड़े, और एक रेल झुकता है।

जिस समय यात्री ने दीपक को बेंच पर रखा, और क्षतिग्रस्त रेल के साथ अपना हाथ चलाया। उन्होंने कहा, "यह सब अभी है।" 'जो कहानी मैंने तुम्हें सुनाई वह सच थी। मुझे खेद है कि आप ठंड में यहां लाए हैं। ' उसने दीपक उठाया, और, एक निरपेक्ष मौन में, हम धूम्रपान-कक्ष में लौट आए।

वह हमारे साथ हॉल में आया और अपने कोट के साथ संपादक की मदद की। चिकित्सा करने वाले ने उसके चेहरे को देखा और एक निश्चित हिचकिचाहट के साथ उसे बताया कि वह ओवरवर्क से पीड़ित है, जिस पर वह बहुत हँसा। मुझे याद है कि वह खुले दरवाजे में खड़ा था, अच्छी रात की धड़कन।

मैंने संपादक के साथ एक कैब साझा की। उसने सोचा कि कहानी 'भड़कीला झूठ है।' अपने स्वयं के भाग के लिए मैं एक निष्कर्ष पर आने में असमर्थ था। कहानी इतनी शानदार और अविश्वसनीय थी, इतना विश्वसनीय और शांत। मैं इसके बारे में सोचकर रात भर जागता हूं। मैंने अगले दिन जाने और फिर से यात्री को देखने का समय निर्धारित किया। मुझे बताया गया कि वह प्रयोगशाला में था, और घर में आसान शर्तों पर होने के कारण, मैं उसके पास गया। प्रयोगशाला, हालांकि, खाली थी। मैंने

टाइम मशीन में एक मिनट तक घूर कर अपना हाथ बाहर रखा और लीवर को छू लिया। उस समय स्क्वाट पर्याप्त दिखने वाला द्रव्यमान हवा के झोंके से हिलता था। इसकी अस्थिरता ने मुझे बहुत चौंका दिया, और मुझे बचपन के दिनों की एक कतार याद आ गई जब मैं पदक के लिए मना करता था। मैं गलियारे से होकर वापस आया। जिस समय यात्री मुझसे धूम्रपान-कक्ष में मिले। वह घर से आ रहा था। उसके पास एक हाथ के नीचे एक छोटा कैमरा था और दूसरे के नीचे एक नॉकपैक। जब उसने मुझे देखा तो वह हंस पड़ा, और मुझे हिलाने के लिए एक कोहनी दी। 'मैं डरता हुआ व्यस्त हूं,' उसने कहा, 'उस चीज के साथ।'

'लेकिन यह कुछ धोखा नहीं है?' मैंने कहा। 'क्या आप वास्तव में समय के माध्यम से यात्रा करते हैं?'

'वास्तव में और वास्तव में मैं करता हूं।' और वह खुलकर मेरी आँखों में देखा। वह हिचकिचाया। उसकी नजर कमरे के बारे में भटक गई। 'मुझे केवल आधा घंटा चाहिए,' उन्होंने कहा। 'मुझे पता है कि तुम क्यों आए, और यह तुम में से बहुत अच्छा है। यहाँ कुछ पत्रिकाएँ हैं। यदि आप दोपहर के भोजन के लिए रुकेंगे तो मैं इस बार आपको साबित कर दूंगा कि मूठ, नमूना और सभी यात्राएं। अगर तुम मुझे छोड़ दो अब तुम्हें माफ कर देंगे? '

मैंने सहमति व्यक्त की, शायद ही समझ में आता है कि उसके शब्दों का पूरा आयात, और वह सिर हिलाया और गलियारे के नीचे चला गया। मैंने प्रयोगशाला के स्लैम के दरवाजे को सुना, खुद को एक कुर्सी पर बैठाया, और एक दैनिक पेपर उठाया। लंच-टाइम से पहले वह क्या करने वाला था? फिर अचानक मुझे एक विज्ञापन याद आया, जो मैंने प्रकाशक, दो बार, रिचर्डसन से मिलने का वादा किया था। मैंने अपनी घड़ी को देखा, और देखा कि मैं मुश्किल से उस सगाई को बचा सकता हूं। मैं उठ गया और यात्री को समय बताने के लिए नीचे गया।

जैसा कि मैंने दरवाजे के हैंडल को पकड़ लिया, मैंने एक विस्मयादिबोधक सुना, अंत में अजीब तरह से छंटनी की, और एक

क्लिक और एक ठग। जैसे ही मैंने दरवाजा खोला हवा का एक झोंका मुझे चक्कर लगा गया, और भीतर से फर्श पर टूटे कांच के गिरने की आवाज आई। उस समय यात्री नहीं था। मुझे ऐसा प्रतीत हुआ कि एक भयावह, अविभाज्य आकृति एक क्षण के लिए काले और पीतल के भँवर में बैठी हुई थी - एक ऐसा चित्र जो इतना पारदर्शी था कि उसकी चादरों वाली पीठ बिल्कुल अलग थी; लेकिन यह झांसा गायब हो गया जब मैंने अपनी आँखें मलीं। टाइम मशीन चली गई थी। धूल के एक निर्विवाद हलचल के लिए बचाओ, प्रयोगशाला का आगे अंत खाली था। रोशनदान का एक फलक, जाहिरा तौर पर, बस में उड़ा दिया गया था।

मुझे एक अनुचित विस्मय हुआ। मुझे पता था कि कुछ अजीब हुआ था, और पल के लिए इस बात को अलग नहीं किया जा सकता था कि अजीब चीज क्या हो सकती है। जैसा कि मैं घूर रहा था, बगीचे में दरवाजा खोला, और आदमी-नौकर दिखाई दिया।

हमने एक दूसरे को देखा। फिर विचार आने लगे। 'श्रीमान है। - इस तरह से बाहर चला गया? ' मैंने कहा।

'नहीं साहब। कोई भी इस तरह से बाहर नहीं आया है। मैं उनसे यहां मिलने की उम्मीद कर रहा था। '

उस समय मैं समझ गया था। निराशाजनक रिक्टरडसन के जोखिम पर, मैं समय यात्री की प्रतीक्षा कर रहा था; दूसरी, शायद अभी भी अजनबी कहानी, और उनके साथ लाए जाने वाले नमूनों और तस्वीरों का इंतजार। लेकिन मुझे अब डर लगने लगा है कि मुझे जीवन भर इंतजार करना होगा। उस समय यात्री तीन साल पहले गायब हो गया था। और, जैसा कि हर कोई जानता है, वह कभी नहीं लौटा।

उपसंहार

कोई भी चयन नहीं कर सकता लेकिन आश्चर्य है। क्या वह कभी लौटेगा? यह हो सकता है कि वह अतीत में वापस बह गया, और खून-पीने, अधर्मी पत्थर की उम्र के बालों के झड़ने के बीच गिर गया; क्रीटेशस समुद्र के

रसातल में; या तोते के साड़ियों के बीच, जुरासिक समय के विशाल सरीसृप के जानवर। वह अब भी कर सकते हैं - अगर मैं वाक्यांश का उपयोग कर सकता हूँ - कुछ - मूंगा चट्टान पर भटक, या तीन साल की उम्र में अकेला खारा झीलों के बगल में। या वह आगे बढ़ गया, जो कि अभी भी उम्र के एक युग में है, जिसमें पुरुष अभी भी पुरुष हैं, लेकिन हमारे अपने समय की पहेलियों के साथ उत्तर दिया गया और इसके थकाऊ समस्याओं को हल किया गया? दौड़ की मर्दानगी में: मैं, अपने खुद के हिस्से के लिए, यह नहीं सोच सकता कि कमजोर प्रयोग, खंडन सिद्धांत और आपसी कलह के ये बाद के दिन वास्तव में मनुष्य के समापन का समय हैं! मैं कहता हूं, मेरे अपने हिस्से के लिए। मुझे पता है कि इस सवाल के लिए हमारे बीच काफी समय से चर्चा हो रही थी कि मशीन बनाने से पहले - मानव जाति की उन्नति के बारे में सोचा गया था, और सभ्यता के बढ़ते ढेर में देखा गया कि केवल एक मूर्खतापूर्ण हीपिंग जो अनिवार्य रूप से उस पर गिर जाए और नष्ट हो जाए अंत में इसके निर्माता। यदि ऐसा है, तो यह हमारे लिए वैसे ही रहता है जैसे कि ऐसा नहीं था। लेकिन मेरे लिए भविष्य अभी भी काला है और खाली है - एक विशाल अज्ञान है, जो कुछ आकस्मिक स्थानों पर उनकी कहानी की स्मृति में जलाया जाता है। और मेरे पास, मेरे आराम के लिए, दो अजीब सफेद फूल - अब सिकुड़ गए हैं, और भूरे और सपाट और भंगुर हैं - यह देखने के लिए कि जब मन और ताकत चले गए थे, तब भी कृतज्ञता और एक पारस्परिक कोमलता अभी भी आदमी के दिल में रहती थी।